赤姫心中
質屋藤十郎隠御用　三

小杉健治

集英社文庫

目次

本文挿絵　横田美砂緒

赤姫心中

質屋藤十郎隠御用　三

第一章　懐剣

一

夜風は生暖かく、濃艶《のうえん》な感じの春の宵だ。二月も半ばを過ぎた。日増しに出の遅くなった月はまだ姿を見せず、辺りは暗いが、満天の星明かりだ。名残りの梅の白い花が闇に浮かんでいるのが見える。

山谷堀《さんやぼり》を猪牙舟《ちよきぶね》がくぐった。吉原通いの客だ。船宿から賑《にぎ》やかな声が聞こえて来る。細身の京太《きようた》は背中を丸め、懐に手をいれながら今戸橋《いまどばし》を渡る。鼻唄《はなうた》のひとつでもついて出そうになるが、無粋な用事のために気も重かった。

大川沿いに道を歩いて『辰巳屋《たつみや》』の別宅に近づいた。ふと、小肥《こぶと》りの男が去って行くのを見た。寺の角を曲がるとき、横顔が見えた。鼻が低い。猿回しの円助《えんすけ》だ。新町《しんまち》の弾左衛門《だんざえもん》屋敷に帰るのであろう。

両国広小路《りようごくひろこうじ》や浅草奥山《おくやま》で、円助の猿回しの芸を何度か見た。その中で、猿に着物を着せ、お姫さまに仕立てて太鼓に合わせて踊らせるという芸があった。そのことを思いだし、不快な気分になった。

円助への思いを振り払い、京太は黒板塀に囲まれた二階家の前に立った。『辰巳屋』の別宅、本当は『辰巳屋』の内儀おこうの隠れ家だ。

『辰巳屋』は小伝馬町《こでんまちょう》にある醤油問屋《しょうゆどんや》で、おこうは主人徳兵衛《とくべえ》の若い後妻である。

門を入り、格子戸を叩《たた》く。しばらく待ったが出て来る気配がなく、もう一度叩いた。まだ、五つ（午後八時）前だから寝入っているわけではない。

京太は顔をしかめた。ふたりはおたのしみの最中か。住み込みの女中のおいともどこかに出かけているのかもしれない。

そう思いながら、もう一度戸を叩こうとしたとき、戸の内側で物音がした。誰か気づいたようだった。

「どちらさまで？」

女中のおいとの声がした。微《かす》かに震えを帯びているのが気になる。

「おいとちゃん。俺《おれ》だ、京太だ」

京太は名乗った。

だが、おいとはすぐに戸を開けようとしなかった。

「どうしたんだい、おいとちゃん。京太だよ」

不審に思った。

「太夫《たゆう》に弟子の千太郎《せんたろう》からの言づけを預かってきたんだ。開けておくれ」

太夫とは、歌舞伎役者《かぶきやくしゃ》四代目大瀬竹之丞《おおせたけのじょう》のことである。京太は竹之丞の門弟で、付き人でもある。

やっと、格子戸が開いた。おいとが青ざめた顔で立っている。

「どうしたんだ、おいとちゃん。何があったんだ？」

京太は何か異変が起きたことを直感した。

おいとは口をわななかせながら奥を指差した。京太は胸騒ぎを覚え、部屋に駆け上がった。

奥の部屋に行くと、髪を乱したおこうが呆然《ぼうぜん》と立っていた。着物も崩れ、まるで争ったあとのようだ。

「内儀《おかみ》さん。どうしたんですか」

京太は呼びかけた。

だが、おこうに反応はない。京太はおこうの前に立ち、目を見つめた。虚《うつ》ろだ。それがかえってぞっとするような妖しい色気を醸しだしていた。

「内儀さん」

もう一度、呼びかけた。だが、返事はない。

何か部屋の空気が濁っていて、異臭が漂っている。血の匂いだと思った。京太は隣の寝間の襖《ふすま》を開けた。

有明行灯《ありあけあんどん》の乏しい明かりに、ふとんから畳に頭を落して仰向《あおむ》けに倒れている男が浮かび上がっている。その不自然な格好に息を呑《の》んだ。

「太夫」

京太は駆け寄った。竹之丞だった。

「太夫、しっかりしてください」

抱き起こそうとしたが、喉元《のどもと》が黒く滲《にじ》んでいた。驚いて、京太は隣の部屋から行灯を持って来た。

その明かりに浮かび上がったのは喉から血を流し、白目を剝《む》いて絶命していた竹之丞の無残な姿だった。

「なんてことだ」

京太はうろたえた。花形役者の四代目大瀬竹之丞が贔屓客《ひいききやく》と密会中に死んだ。それも、殺されて……。

横柄で我《わ》が儘《まま》で、常にひとにかしずかれていないと気がすまない。気難しい人間で、気に食わないことがあれば、人前でも容赦なく相手をけなす。京太も叱られたことが何度もあった。

だが、それでも舞台に立てば、見事な女形だ。最近、芸に行き詰まっているようで気になるが、まだ三十八歳。これから花形役者の地位をたしかなものにしていくはずだった。

そんな竹之丞に、何があったのか。いっときの衝撃が去ると、これからの騒ぎが京太の頭を過《よぎ》った。

京太は竹之丞の死の影響を考えた。竹之丞の死は歌舞伎界においても大きな損失だろうが、それより死んだ場所が問題だ。

贔屓筋の妻女と密会していたことが世間に知れてしまう。『辰巳屋』の主人徳兵衛は歌舞伎界の最大の贔屓筋だが、おこうとの密会を知れば芝居の世界とは縁を切るだろう。

京太はおろおろしているおいとのそばに行き、

「いったい、何があったんだ？」

「わかりません」

おいとは泣きそうな顔で首を横に振った。

「わからないとはどういうことだ？」

「私が買い物から帰って来たら、内儀さんが呆然としていて……。何をきいても、答えてくれないのです」

おいとが帰って来たのは京太がやって来る直前だったようだ。

「それで、隣の部屋を見たら、太夫が倒れていました」

「わかった。内儀さんにきくしかないな」

京太はもう一度、おこうのそばに行った。おこうはまだ正気を取り戻していない。呼びかけても耳に入らない。

おこうの右手に血がついているのが見えた。辺りを見回した。長火鉢の角の畳に血が付着していた。長火鉢に隠れるようにして、刃先が見える。凶器かもしれない。へたにいじらないほうがいいと思った。

その様子から、おこうが竹之丞を刺したことは歴然としている。ふたりの間に諍《いさか》いがあった。理由は想像するしかないが、別れ話のもつれか。

最近、おこうが竹之丞の弟の瀬山雪二郎《せやまゆきじろう》に肩入れをしているという噂《うわさ》があった。雪二郎がおこうに近づいたのか、おこうのほうからかわからないが、ふたりが茶屋で会っていたという話もある。

その噂は竹之丞の耳にも入っていた。雪二郎の奴《やつ》、俺からなにもかも奪うつもりなのか、と不快そうな顔をしたことがある。

「おいとちゃん。自身番には？」

おいとは首を横に振った。

「いいか。まだ、知らせないでくれ。わかったね」

「はい」

「内儀さんを連れて二階に上がっているんだ。太夫はこのままで。これから、俺は大旦那《おおだん》に知らせてくる」

京太は家を飛び出し、来た道を戻った。

竹之丞が死んだという実感はまだなかった。夢の中の出来事のような心地だった。

大瀬竹之丞の父親知久翁《ちくおう》は元浜町《もとはまちよう》に居を構えていた。京太は今戸から元浜町まで四《し》半刻《はんとき》（三十分）以上かかって辿《たど》り着いた。

五年前に、大瀬竹之丞の名跡《みようせき》を倅《せがれ》に譲って隠居をし、いまは俳諧《はいかい》の世界に入り込んでいる。

竹之丞の死を告げると、知久翁は一瞬目眩《めまい》を起こしたように体を崩した。

「な、何があったのだ？」

喉にひっかかったような声を出した。

「何があったのかわかりませんが、『辰巳屋』の内儀さんが……」

そのときのおこうの様子を説明した。

「なぜ、内儀さんが……」

知久翁が呟《つぶや》いたとき、女中がやって来た。

「お駕籠《かご》が参りました」

「よし。京太、案内してくれ」

「へい」

京太は立ち上がった。

駕籠と並んで、京太は蔵前通《くらまえどお》りを急いだ。今戸橋を渡り、おこうの家に駆けつけたときには四《よ》つ（午後十時）近かった。

京太は家に入り、知久翁を寝間に案内した。悪いほうの足を引きずりながら、知久翁はついてきた。

寝間に入って、あっと京太は叫んだ。竹之丞の亡骸《なきがら》はふとんに横たえられて、枕元《まくらもと》に線香が上がっている。

「これは」

京太は目を見張った。

「竹之丞、いったいどうしたというのだ」

知久翁が枕元でくずおれた。

京太はおいとの姿を探した。おいとは台所にいた。

「亡骸をどうしたんだ？」

京太はきいた。

「内儀さんが直しました」

「なに、内儀さんは正気を取り戻したのか」

「はい」

梯子段《はしごだん》を下りる足音がして、おこうが顔を出した。

「京太さん、さっきはごめんなさい。取り乱していて」

凛《りん》とした顔つきで、おこうが言う。

「内儀さん。いったい、何があったんですか」

「押込みです」

「押込み？」

そんな印象はなかった。そう反論しようとすると、

「知久翁さんにもお話しいたします」

と言い、おこうは寝間に向かった。京太もあわててついて行く。

「大旦那」

おこうが声をかけた。

「内儀さん、いったい、何があったんだ。なぜ、竹之丞はこのような姿になってしまったのか」

知久翁が呻《うめ》くようにきいた。

「夕餉《ゆうげ》のあと、居間で休んでいたら、いきなり賊が押し込んで来たのでございます」

おこうが身をすくめて言う。

「賊とは何だ？　押込みか、それとも最初から竹之丞を狙ったのか」

知久翁が矢継ぎ早にきく。

「押込みです。頬かぶりをした男で、金を出せと。竹之丞さんが抵抗したらいきなり刺して」

京太はそんなはずはないと思った。おこうは髪が乱れ、着崩れをしていた。おこう自身に争ったような形跡があったのだ。なにより、茫然自失《ぼうぜんじしつ》して、正気を失っていたではないか。

「内儀さん。どうして、亡骸を直したんですか。お役人に知らせるまで、あのままにしておいたほうがよかったんじゃありませんか」

京太がおこうの反応を窺《うかが》った。

「そいつは心配ない」

いきなり野太い声がして、京太も驚いた。

廊下に、男が現れた。蝮《まむし》の吾平《ごへい》と呼ばれる岡っ引きだ。三十半ば過ぎで、色白ののっぺりした顔をしている。唇が薄く、舌が赤くて長い。

「俺が許したんだ。気にする必要はないぜ」

吾平は口元を歪《ゆが》めて言う。

「内儀さん。手配をしてきた」

「親分、ありがとうございます」

おこうが頭を下げた。

「親分さん。いったいどういうことでございましょうか」

知久翁がきいた。

「たまたま、この近くを通りかかったら、女中が血相を変えて走って来た。不審に思って声をかけたら、事件のことを話してくれたってわけだ」

吾平は話しながら、何度も舌なめずりをする。まるで蛇のようで不気味だ。

京太はおこうを見た。黙って頷《うなず》いた。さっきの呆然としていた姿が嘘《うそ》のように落ち着きはらった表情に思える。

それに、手についていた血はきれいに洗い流したようだ。

「親分さん。凶器はありましたかえ」

京太はきいた。

「ない。当然、賊が持って逃げたのだろう」

長火鉢の陰に落ちているのを見たと言おうとしたが、京太は声を呑んだ。何かおかしい。

知久翁にも話したが、この家に駆けつけたときの印象では、竹之丞とおこうが争った末に、おこうが匕首《あいくち》で刺したのだと思ったのだ。おこうの手には血がついていた。

だが、京太が知久翁を呼びに行っていた一刻（二時間）足らずの間に、ここで何らかの細工が施された。

まず、おこうは正気を取り戻し、手についた血を拭《ふ》き取り、匕首を処分し、乱れた髪を直して着物を着替え、それから、吾平を呼びに行かせた。

吾平は評判のよくない岡っ引きだ。おこうにたんまり袖の下を握らされたら、真実を簡単にねじ曲げてしまいそうだ。

この岡っ引きは信用出来ないと思った。

「いいか。さっき内儀さんとも相談したが、もろもろの事情を察して、太夫は外で辻強《つじごう》盗《とう》に襲われたことにする。押込みだろうが、辻強盗だろうが、人殺しには変わりねえ。必ずとっ捕まえてやる」

「親分さん。ご高配のほど痛み入ります」

知久翁は吾平に頭を下げた。

「なあに、それより、太夫がこんなことになって、あとがたいへんだな」

吾平は冷笑を浮かべた。

大瀬竹之丞の名跡を誰が継ぐのか。京太が思い浮かぶだけでふたりいる。ひとりは、竹之丞の異母弟の雪二郎で、知久翁が若い頃に外の女に産ませた子だ。もうひとりは、竹之丞の九歳の息子竹太郎だ。しかし、竹之丞を継がせるには幼すぎる。そこをどう考えるか。

興行的にも大瀬竹之丞の名跡を空白にしておくことは出来ないだろう。そうなると、雪二郎に継がせることになるのか。

しかし、あえて言えば、竹之丞の一番弟子の千太郎もいる。千太郎は二十六歳だが、十八歳まで知久翁の寵愛《ちょうあい》を受けていた若衆《わかしゅ》であった。今は妖しい魅力を醸しだす女形として評判だ。

これから先、事件のことにも増して、後継者争いが世間の耳目を集めそうだった。

「今からでも、竹之丞を家に連れて帰りたい。親分さん、構いませんか」

知久翁が頼み込む。

「検死与力《けんしよりき》の改めが済むまではだめだ」

「いつ来られるのですか」

「もう直《じき》、来るはずだ。すぐ終わる」

「わかりました」

知久翁は気丈に振る舞っているが、悲しみに沈んだ表情は痛々しかった。

検死が済み、竹之丞の亡骸を京太らが大八車《だいはちぐるま》で長谷川《はせがわ》町《ちょう》の家に運んだのは、それから半刻（一時間）後だった。深夜の町に轍《わだち》の音が悲しげに響いた。

二

土蔵造りの質屋の屋根に飾られた将棋の駒形《こまがた》をした看板には「志ちや」と書かれ、隅に万屋《よろずや》藤十郎《とうじゆうろう》とある。

そこの暖簾《のれん》をくぐって、娘が入って来た。十七、八歳ぐらいの色白の女だ。梅の花が描かれた派手な色の着物を着ているところから、茶屋か料理屋の女かもしれない。

胸に小振りなものを持っていた。帳場《ちようば》格子《ごうし》の前に座っていた番頭の敏八《びんぱち》は立ち上がって応対に出た。

「あの……」

遠慮がちに、娘が口を開いた。

「こんなものでも入れることは出来ましょうか」

そう言い、娘は小風呂敷に包んだものを取り出した。懐剣だった。綴《つづ》れ織《お》りの懐剣袋に収まっている。刀や脇差《わきざし》を質入れする武士は少なくない。

「ちょっと、お預かりいたします」

敏八は受け取った。

袋から懐剣を取り出す。長さは八寸三分（約二十五センチ）ほどだ。鞘《さや》に金糸《きんし》下緒《さげお》、柄《つか》に龍の彫り物と竹に笹《ささ》を添えた竹紋。鞘から抜く。刀身は五寸八分（約十七・六センチ）。鈍い光沢が見事だ。「これはご立派なものでございますな」

敏八は唸《うな》った。

「一体どうなさったのですか」

「はい。じつは亡き母の形見でございます。母が奉公先の奥方さまからいただいたものでございます」

懐剣は武士の女が護身用、あるいはいざというときの自害用に携えているものだ。

刀身を鞘に収めてから、

「少々、お待ちくださいませ」

と懐剣をその場に置き、敏八は奥にいる主人の藤十郎のもとに行った。

敏八は番頭としてふたりの手代とひとりの丁稚《でっち》とともに店を切り盛りしていた。主人の藤十郎からは儲《もう》けに走らぬこと、客のためになること、そして、なんでも質草にとるということを命じられている。

身許《みもと》が定かでない者には金を貸してはならないというお触れがある。だが、藤十郎は、ひとはそれぞれ言うに言われぬ事情を抱えているのだから、身許が不確かでも貸し付けるという姿勢をとっている。

だが、難しい品物の判断は藤十郎がすることになっていた。

「旦那さま」

敏八は小机に向かっている藤十郎に呼びかけた。

「いま、懐剣を質入れに、町人の娘がまいりました。どういたしましょうか」

書き物をしていた手を止めて、藤十郎は顔を向けた。

藤十郎は三十三歳。細面《ほそおもて》の眉尻《まゆじり》がつり上がり、切れ長の目はいつも遠くを見通しているかのように鋭い光を放ち、高い鼻梁《びりょう》と真一文字に結んだ唇とも相俟《あいま》って、ひとを寄せつけない気高さがあった。

「懐剣？」

思案げにしたが、行こうとひと言かけて藤十郎は立ち上がった。

敏八は藤十郎といっしょに娘のところに戻って来た。

「手前は、あるじの藤十郎と申します。まず、お品物を拝見いたします」

「はい」

藤十郎は懐剣を手にとった。そして、懐から懐紙《かいし》を取り出し、口にくわえて、おもむろに短剣を抜いた。

しばらく眺めてから、静かに刀身を鞘に戻した。

「いま、なぜ、これを？」

藤十郎がきいた。

「はい。急ぎで、お金が必要になりました」

「そうですか。で、いかほど？」

「いくらぐらいお貸しいただけるのでしょうか」

「もし、刀剣屋にお持ちになられたら十両で売れるかもしれません。室町期の作かと思われます。無銘ですが、かなりの刀工の手によるものとみました」

「十両？」

娘は驚いた顔をしたが、すぐ毅然《きぜん》として、

「売るつもりはありません。必ず請け出しにまいります」

「では、一両でいかがでしょうか」

「結構です」

「あとは番頭に任せます。頼んだぞ」

「はい」

敏八は藤十郎が去ったあと、入質証文《いれじちしようもん》に名前と住まいを書いてもらった。

娘は高砂町《たかさごちよう》の幸之助《こうのすけ》店《だな》、さちと書いた。その間、敏八は品物を木箱に収めた。そして、質札《しちふだ》を渡す。

「あの……」

おさちがおずおずといった感じで口を開いた。

「なんでしょうか」

「もし、これを失《な》くしたら、どうなるのでしょうか」

おさちは質札を見せた。

「あなたさまがお引き出しなさるのでしたら、問題はありません。ただ、勘違いなさって、預けた品物はこれではなかったと食い違いがおきると面倒ですが……」

敏八は笑って言う。

「わかりました」

おさちは引き上げて行った。

敏八は丁稚の幹太《かんた》に命じて、質草を土蔵に仕舞いに行かせたあと、改めて台帳を見た。

由緒ありそうな懐剣である。

盗難品のお触れはまわって来ていない。

戸口に影が射した。入って来た男を見て、敏八は覚えず顔をしかめた。だが、すぐ表情を和らげた。

「これは吾平親分」

蝮の吾平だった。

「ちょっと、きてえことがある」

吾平はずかずかと帳場格子まで近づいてきた。

「はい。なんでございましょうか」

「ちょっと、台帳を見せてくれ」

「台帳を、ですか」

敏八は眉根を寄せた。

「そうだ。御用の筋だ」

丁稚が奥に飛んで行った。すぐに藤十郎が出て来た。

「これは吾平親分。何か」

吾平は顔をしかめたが、

「台帳を見せてもらおうか」

と、横柄に言う。

「お見せするわけにはまいりません」

藤十郎はきっぱりと拒んだ。

「なんだと」

吾平は顔色を変えた。

「やい、こっちは御用の筋で言っているんだ。それとも、おかみに逆らおうって言うのか。おもしれえ。逆らえるものなら逆らってみやがれ」

吾平はあちこちの商家に顔を出して小遣い銭稼ぎをしている。商売をやっていれば、些細《ささい》なことでも御法を犯していることがある。そこにつけ入って、金をゆすりとっているのだ。蛇蝎《だかつ》のごとく世間から嫌われている。

だが、藤十郎は一切吾平の威《おど》しに屈しない。そのことが面白くなく、いつも難癖をつけに来る。

「べつに、おかみに逆らうつもりはございません」

藤十郎は静かに答える。

「じゃあ、なぜ、見せないのだ？」

「私どもにはお客さまの秘密を守る務めがございます。吾平親分の探し物を仰《おつしや》っていただけたら、こちらで調べましょう。品物はなんですか」

「ちっ」

吾平は吐き捨ててから、

「金唐革《きんからかわ》の財布。それに、赤漆《あかうるし》革《がわ》に象牙《ぞうげ》の根付《ねつけ》のついた煙草入《たばこい》れだ」

と、いまいましそうに言う。

「そのようなものはお預かりしていません」

「しているかいないか、俺が確かめる。台帳を見せろ」

「お断りします」

「なんだと」

吾平は青筋を立てた。

「いつもいつも、俺に逆らいやがって」

「親分。いったい、その財布と煙草入れがどうかしたのですか」

かっかしている吾平とは対照的に、藤十郎は落ち着きはらっていた。

「一昨日《おとつい》、今戸で辻強盗に襲われた歌舞伎役者大瀬竹之丞の持ち物だ。財布の中から金を抜き、あとは質入れした可能性がある」

「そういえば、そんな騒ぎがありましたね」

藤十郎は応じてから、

「親分。もし、これからそのような品物を持ち込む客が来たら、すぐに知らせましょう」

「うむ」

吾平はそれ以上言い返せず、言葉に詰まった。

「ところで、竹之丞さんは辻強盗にあったのですか」

「そうだ」

「場所は?」

「今戸橋を渡ったところだ」

「竹之丞さんはなぜひとりでそのようなところを歩いていたのでしょうか」

「近くに知り合いがいたんだろうよ」

吾平からさっきまでの威勢のよさがなくなっていた。

「いいか。怪しい客が来たら必ず知らせろ」

吾平は怒ったように言い、出て行った。

「幹太。塩を撒《ま》いておくれ」

敏八がいまいましげに言う。

「へい」

幹太は元気のいい返事をして塩をとりに行った。

藤十郎が厳しい顔をして、

「懐剣の娘の住まいは？」

と、きいた。

「はい。高砂町の幸之助店でございます。おさちという名です」

「高砂町か」

呟いてから、藤十郎は奥に引っ込んだ。

藤十郎の眼力には目を見張るものがある。何か、不審を感じ取ったのだろうか。だが、よけいなことは一切口にしないので、何を考えているのかわからない。

三

京太は小伝馬町にある醤油問屋『辰巳屋』を訪れた。内儀のおこうに呼ばれたのだ。亭主の徳兵衛は一昨年《おととし》ぐらいから寝込むことが多くなった。徳兵衛に代わって、おこうが商売を見ている。

「京太さん、ごくろうだったね」

長火鉢の前で、長煙管《ながギセル》を片手に、おこうが言う。三十過ぎだが、芸者上がりの色香はまったく衰えていない。

「へい」

「早いものだねえ。太夫のお弔いも終わり、初七日も過ぎた」

「へい。まるで夢を見ているみてえで」

結局、竹之丞は橋場の知り合いを訪ねた帰りに辻強盗に遭い、抵抗したために殺されたことになった。

竹之丞とおこうとのことは伏せられた。どのくらいの金を包んだのかわからないが、その効き目は大きかったようだ。

「いよいよかまびすしいね」

おこうが苦笑した。跡継ぎのことだ。

「へえ。どうなるのでしょうか」

四代目大瀬竹之丞の葬儀が終わるや、誰が名跡を継ぐのかが芝居町の人間だけでなく、世間でも噂するようになった。

京太はおこうが何のために自分を呼んだのかを考えた。自分は事件直後に現場に居合わせている。いわば唯一秘密を知っている人間なのだ。

「ところで、京太さん。きょう来てもらったのは他でもない。あのときのことだけどね」

おこうは煙管の雁首《がんくび》を煙草盆の灰吹《はいふき》に叩いてから、

「おまえさんが何か勘違いをしているんじゃないかと気になってね」

「勘違いですか」

京太はじろりと相手を見て、

「内儀さん。そんなにお気になさらなくても結構ですぜ。あっしは、内儀さんの味方ですから。仮に、何かを知っていても、喋《しゃべ》るつもりはありません」

おこうは不快そうな目をして、

「やっぱり、おまえさんは私が太夫を殺したと思っているようだね」

「そういうわけじゃ……。ただ」

京太は曖昧《あいまい》に答える。

「ただ、なんだい？」

「へえ。太夫があんなことになったっていうのに、内儀さんはあんまし悲しそうじゃありませんね。そのことが、なんとなく」

京太は遠回しに疑っていることを匂わせた。葬儀のときは泣いていたようだが、その後はしゃきっとしていた。あまりに早い立ち直りも疑惑を抱いた一因だ。

「いつまでも悲しんじゃいられないからね」

「内儀さんと太夫とはしっくりいっていなかったんじゃないですかえ」

おこうは眉根を寄せ、

「おや、どうしてそう思うんだね」

「いえ、ただなんとなく。いずれにしろ、ほんとのことを知っているのは内儀さんだけです。ぜひ、真相を教えてもらいたいと思っているんですよ」

「真相？」

「ええ、太夫はほんとうは押込みに殺されたってことになっていますが、あっしには信じられません。だって、あんときの内儀さんの様子を見るかぎり、あっしはてっきり」

「てっきりなにさ？」

おこうが不敵な笑みを浮かべた。

「内儀さんが太夫を殺したって光景でしたぜ」

「やっぱり、疑っているんだね。でも、どうして、私が太夫を殺さなきゃならないんだね。理由がないじゃないか」

「そうですかねえ。あっしは太夫から聞いていましたぜ。内儀さんと手を切りたいとね」

京太は鎌《かま》をかけた。

「嘘おっしゃい。太夫は私から離れられなかったのよ」

おこうの表情が強張《こわば》った。

「じゃあ、逆ですかえ。内儀さんが太夫から離れたがっていたってわけですかえ」

「ばかばかしい」

「内儀さん。最近、雪二郎さんと親しくされているようじゃありませんか」

おこうの顔色が変わった。

「ひょっとして、太夫から雪二郎さんに乗り換えようとしていたんじゃありませんかえ」

「おまえさんは、私のことをそんなふうに思っていたのかえ。ばかだね、おまえさんは」

「ばかですかえ」

「そうさ。くだらない噂に惑わされて。いったい、どうしてそんな噂が立ったんだろうね。だいたい、想像がつくけど」

「想像ですかえ」

「ええ。それより、私がおまえさんの言うように雪二郎さんに乗り換えて、邪魔になった太夫を始末しようとしたのだったら、もっと別の方法でやるわ」

おこうは堂々と言う。

「私が疑われないように、誰かにやらせるわ」

「いや、誰かにやらせたら、今度はその男が邪魔になりましょう。あるいは、あの場に、雪二郎さんもいたとか」

おこうは冷笑を浮かべた。

「雪二郎さんが私のために太夫を殺したと言うの。だったら、私は女冥利《おんなみようり》につきるわね」

「いえ、内儀さんのためだけじゃありませんよ。ご自分のためでもある」

「………」

おこうは渋い顔をした。

「太夫がいなくなれば、誰が大瀬竹之丞の名跡を継ぐんですかえ。候補の筆頭は、雪二郎さんじゃありませんかえ」

「雪二郎さん以外にも何人かいるでしょう」

「千太郎さんですね。芸の力は一番と折り紙付きですし、それになにより、大旦那に……。おっと、このことはやめときましょう」

京太は思い止《とど》まった。

「京太さん。やっぱり、おまえさんは思い違いをしている。いいかえ、押込みがあって、太夫は殺されたんだ。このことは、吾平親分も了承してくれているんだよ。ということは、同心《どうしん》の近田《ちかだ》さまも承知しているということだよ」

近田さまとは吾平に手札《てふだ》を与えている北町奉行所定町廻《じょうまちまわ》り同心の近田征四郎《せいしろう》のことだ。ふたりに金を配ったのだろう。

「でも、吾平親分は内儀さんと雪二郎さんの関係をまだ知らないでしょう。知ったら、疑いを持つんじゃないですかえ」

「ちょっとお待ちな。私と雪二郎さんの関係って言うけど、そんな根も葉もないことを言うのはおまえさんだけだ。おまえさんはほんとうに私と雪二郎さんが会っているのを見たことがあるのかえ」

「…………」

そのことは、噂でしか聞いていない。

「ほれ、ごらん。誰かが、わざとそう言い触らしているのさ。噂の出所はわかっているけどね。太夫だって見当をつけていたわ」

おこうは目を伏せた。

「じゃあ、あのときの内儀さんの格好はなんと説明しますね。まるで、争ったあとのようでしたぜ」

京太は反撃に出た。

「おまえさん、何もわからないんだねえ」

「何がですかえ」

「賊はね。太夫を殺したあと、私を手込めにしようとしたんだよ。その抵抗のあとさ。あんとき、おいとが帰って来なかったら私も手込めにされて殺されていた。おまえさんにはそんなこともわからなかったのかえ」

「そいつは……」

うかつだった。そういう言い訳があったのか。そこまで考えが及ばなかった。てっきり、おこうが殺したものとばかり思って、他の可能性を考えなかった。事実はどうだったかは別として、しかしどこか、言いくるめられている気がする。

「でも、おいとちゃんは賊を見てねえ」

やっと、京太は反論した。

「そりゃそうさ。おいとが帰って来ると、賊は私を突き飛ばして裏口から逃げて行ったんだからね」

おこうは恐怖を思いだしたように身をすくめてから、

「どうだい、わかったかい？」

「で、内儀さんは賊の顔を見ていなかったんですかえ」

「暗い上に頬かぶりをしていたので、わからなかったわ」

「そうですかえ」

納得いかない。

「おまえさん、まだ、私を疑っているのかえ」

「いや。内儀さんには無理だと思っていた。いくら、立女形《たておやま》の竹之丞とはいえ、相手は男だ。内儀さんが敵《かな》うわけがない」

「そう、やっとわかってくれたんだね」

おこうはほっとしたような表情になった。

「そうそう、あっしはあのとき、長火鉢の陰に刃物を見たんです。あの刃物はどこに行ったんですかえ」

「そんなものありゃしなかったよ」

「いや、確かに見た」

「おまえさんの勘違いだよ」

おこうは顔色を変えずに言う。

妙だと小首を傾《かし》げる。

「何かおかしいかえ」

「いえ」

水掛け論になりそうだ。京太はこの件で言い合うのを諦めた。

「そのことより、内儀さんは押込みと言い、世間では辻強盗ということになってますが、あっしは違うような気がしているんですよ」

「違う？」

「ええ、つまり、賊は太夫の命を奪うのが目的だったってことです。内儀さんを手込めにしようとしたのも目的を晦《くら》ますためだったかもしれませんぜ」

京太は新たな疑問を口にした。

「でも、そうだとしたら、太夫の近くにいる男の仕業でしょう。それなら、私だって気づくはずよ。いくら暗くて顔がわからないといっても」

「それこそ、さっき内儀さんが言っていたようにひとを雇い、押込みに見せかけて殺したってことですよ」

「………」

「太夫を恨んでいる人間、太夫が死んで得をする人間、こんなこと言いたかないが、たくさんいそうだ」

「京太さん。あの夜、おまえさんはどうしてうちに来たんだえ」

おこうの目が鈍く光った。

「千太郎さんから言づけを預かったんですよ。翌日、津軽《つがる》公のご隠居のお招きを受ける件で。夕方ではなく昼過ぎに変更になったから、そのことを伝えて欲しいと頼まれたんですよ」

「なぜ、そんなことをおまえさんに頼むんだい？　今までもそんなことはなかったんだろう」

「なかったけど……」

「それなのに、おまえさんを使いに出すなんて妙だと思わないかえ。うちの様子を知りたかったのかい」

おこうが新たな疑問を出した。

「千太郎さんを疑っているのか。千太郎さんには太夫を殺す理由はない」

「そうかしら」

「なに？」

「さっきも言ったように、千太郎さんだって後継者に選ばれる可能性はあるのよ。芝居の実力からいったら、千太郎さんのほうが雪二郎さんより上という評判でしょう」

「いやねえ、深刻に考えて。でもね、わかるでしょう。誰をも疑おうと思えば疑えるのよ。たとえば、太夫のお父上だって」

「えっ、知久翁さんを疑うのか」

「知久翁さんはほんとうは雪二郎さんのほうが可愛《かわい》かったんじゃないの」

雪二郎は深川の芸者に産ませた子だ。芸風は雪二郎のほうが知久翁に似ている。知久翁の芸を忠実に継承していこうという雪二郎のほうが、自分なりの芸を編み出そうと模索していた竹之丞より可愛いかったのだ。

知久翁は最初は雪二郎に竹之丞を継がそうとした。だが、周囲の反対があったという話を聞いたことがある。

「それだけじゃなく、知久翁さんは千太郎さんにだって特別な思い入れがあるんでしょう。知久翁さんがどちらかに継がせようとしたとしたら……」

「いってえどうなっているんだ。実の父親に疑いが向くなんて。なんだか狂っているぜ」

京太は複雑な思いがした。

「京太さん。いいこと。下手人《げしゆにん》探しは決していい結果をもたらさないわ。押込みの仕業にしたほうがことは丸く収まる。そうじゃなくて」

「それはそうだが」

確かに、いろいろ詮索して、周辺の者たちとの確執を暴き立ててもいいことはひとつもない。ここは押込みのせいで通す。

おこうの言うとおりだ。だが、おこうは下手人を知っているのではないかという疑いを持った。しかし、そのことを口にしてもとぼけられるだけだ。

「京太さん。じつはおまえさんに来てもらったほんとうのわけはこれからさ」

「なんですかえ」

「太夫はいつもこう言っていたわ。俺のあとは倅の竹太郎に継がせたいと。だから、おまえさんもそのつもりでいてくれないかえ」

「えっ？　雪二郎さんを応援するんじゃないんですかえ」

「ばかねえ。私と雪二郎さんはそんな関係じゃないんだよ」

おこうが不敵な笑みを浮かべた。おこうの本心がどこにあるのか、京太にはわからなかった。

四

その夜、藤十郎は浅草山《あさくさやま》之宿町《のしゆくまち》の大川べりにある料理屋『川藤《かわふじ》』の暖簾をくぐった。

亭主の吉蔵《きちぞう》が出てきて、

「お見えでございます」

と、言う。

小柄で身の軽い男で、ときには探索を手伝ってもらうこともある。藤十郎より幾つか若い。

会釈して、藤十郎は梯子段を上がった。二階の小部屋の障子を開けると、おつゆが畏《かしこ》まって迎えた。

「待たせた」

「いえ、それほどではありません」

おつゆは二十二歳。いつもは木綿の着物に小倉《こくら》の帯を締め、木綿紅色の手甲《てこう》をはめ、白足袋《しろたび》に吾妻下駄《あずまげた》で、丸い菅笠《すげがさ》をかぶり、三味線を抱えた女太夫として町を流している。

だが、じつは藤十郎のために探索をしている。今回も、懐剣を質入れしたおさちという女のことを調べてもらっていた。

「おさちは、確かに高砂町の幸之助店に住んでおりました。堺町《さかいちょう》にある芝居茶屋『柳さと』に勤めております」

「芝居茶屋か」

藤十郎は呟いた。

「おさちには好き合っている男がおります。同じ『柳さと』で働く男衆の澤吉《さわきち》という男です。澤吉は、大瀬竹之丞に可愛がってもらっていたそうです」

「やはり、大瀬竹之丞に近い人間か」

藤十郎は腕組みをした。

あの懐剣の実際の持ち主の予想がついたものの、いったい、誰が……と考えた。

「藤十郎さまは、お気づきになっていらしたのですね」

おつゆが驚いたようにきいた。

「うむ。だが、どういう経緯《いきさつ》で、あの懐剣が持ち込まれたのか思いつかぬ。で、竹之丞殺しのほうはどうだ？」

「辻強盗の線で奉行所は探索をしておりますが、いまだに目星はつけられていないようです」

おつゆはさらに続けた。

「ただ、奇妙なのは辻強盗が出た場所がはっきりしないことです」

「どういうことだ？」

「竹之丞は今戸にある居酒屋『よしみ』の近くで襲われたらしいのですが、誰も騒ぎを知らないのです」

「騒ぎを知らない？」

「はい。近くの民家の住人も悲鳴を聞いておらず、『よしみ』の客も騒ぎに気づいていないのです」

「ほう」

「さらに不思議なのは、竹之丞の亡骸は近くの家にいったん運ばれています。たまたま、通りかかった吾平親分が死体を発見し、歌舞伎役者の竹之丞だと気づき、近くの家に頼み込んで、亡骸を運び入れたということです」

「なぜ、吾平がそんなことをしたのだ？」

藤十郎は不思議に思った。

「人気役者なので、大騒ぎになる前に、いち早く人目から隠したかったということです」

吾平がそのようなことに気がまわるとは思えない。何かありそうだ。

「それと、竹之丞の亡骸をよく家に運び入れるのを承知したな。いったい、どんな家なのだ？」

「それがわかりません」

「わからぬと？」

「はい。教えると、竹之丞の贔屓が終焉《しゆうえん》の場所だからと押しかけでもしたら迷惑がかかる。だから、公表していないということです」

「うむ」

なんとなくすっきりしない。

「藤十郎さま。何かこの事件に疑惑でも？」

おつゆが不審そうにきいた。

「うむ。じつは、懐剣だ」

藤十郎はおつゆには話してもいいと思った。

「あの懐剣にはどのような意味があるのでしょうか」

「代々大瀬竹之丞を継いだものが持ち、継承の正統性を明かす印だ。竹之丞の襲名に際し、必ずこの懐剣を身につけることが義務づけられているという」

「いったい、どうして、懐剣にそのような意味が？」

おつゆは興味を示した。

「今の大瀬知久翁、竹之丞の父親から聞いたことがある。初代竹之丞は美しい女形であり、おきゃんな町娘、伝法肌の女や悪女などは見事だが、姫君の役が苦手だったそうだ。いくら、姫君の衣装で美しく着飾っても高貴な姫君には見えなかった。町娘が姫君に化けているのか、いつ本物の姫君が出てくるのかと、客席から心ない野次が飛んだそうだ」

藤十郎は息継ぎをして続ける。

「初代竹之丞は苦手を克服しようと稽古《けいこ》を重ねたが、いくら工夫をしても姫君には見えなかった。重鎮の役者に教えを乞《こ》うてもいっこうにそれらしくならない。すっかり自信を失い、竹之丞は舞台に立てなくなったほどだったらしい。そこで、最後は神頼み。不忍池《しのばずのいけ》の弁天堂に願掛けをし、その満願の日にお参りを終えた竹之丞が参道を引き上げるとき、供を連れた武家の妻女ふうの老女とすれ違った。何を思ったか、竹之丞はその老女に声をかけ、自分が歌舞伎役者であることを話し、姫君の役がうまく出来ない、どうしたら、姫君に見えるのかと訊《たず》ねたそうだ。すると、老女は帯にはさんであった懐剣を取り出し、この懐剣は身を守り、場合によっては自害するためにいつも身につけ、幼き日より、その覚悟で生きていると言い、老女は懐剣を竹之丞に渡し、そのまま去って行ったそうだ」

「まあ」

おつゆは真剣な眼差しで聞いている。

「家に帰った竹之丞は懐剣を抜き、刀身を眺め、場合によっては自害するという言葉をかみしめた。そして、もし次の舞台で姫君に見えなかったらこの懐剣で喉を掻《か》き切って自害しようと思い定め、初日の舞台に立った。すると、絶賛された。本物の姫君に見えたのだ。それから、大瀬竹之丞は大看板になった」

藤十郎は言葉を切り、

「それ以降、その懐剣は大瀬竹之丞家の家宝となり、代を受け継いだ竹之丞は必ず懐剣を身につけ、襲名披露を行なうようになったそうだ。役者竹之丞の誕生にとってあの竹紋の懐剣はなくてはならぬものだ」

「そうでございますか。そのような大切なものがいま『万屋』に？」

　おつゆは不思議そうにきいた。

「うむ。竹之丞殺しと無関係とは思えぬ。当然、後継者選びに際し、この懐剣のことが大きな問題になろう」

　藤十郎は気を重くした。

「このまま、預かっておくのでございますか」

「質屋としては、どのような謂《いわ》れがあろうと関係ないことだ。それに、どんな目的なのかもわからぬ。しばらくは静観するしかあるまい」

「はい」

　おつゆは目を伏せた。

「おつゆ。なんだか、元気がないようだが？」

　さっきから気になっていたことだ。

「いえ。そんなことはありません」

　あわてて、おつゆが否定する。

「おつゆ。隠しても私にはわかる。また、何か言われたのではないか」

「いえ」

おつゆはかぶりを振った。

「まさか、そなたにまた縁談が？」

また、縁談話が持ち込まれたのか。いつぞやも、問いつめたとき、おつゆは父親から縁談を勧められたことを告白した。おつゆはきっぱりと断ったが、父親は藤十郎を諦めるようにと言ったらしい。

「いえ、そのようなことはございません」

おつゆははっきりと答えた。

「ならばよいが。よいか。私はそなた以外の女子《おなご》と所帯を持つ気はない。いまは叶《かな》わなくとも、いつかいっしょになれる。そなたも信じて待て」

「はい。うれしゅうございます」

おつゆは微笑《ほほえ》んだが、どこか儚《はか》なげだ。やはり、何かあったのだ。いくら隠しても、藤十郎の目はごまかせない。

父や兄からおつゆの父親に対して圧力が加えられたのではないかと、心を重くした。

「おつゆ。よいか。そなたは私の妻も同然。いや、妻なのだ。そのつもりでいよ。決して、他の人間の言に惑わされてはならぬ。よいな」

そう言い、藤十郎はおつゆを引き寄せた。

「藤十郎さま」

腕の中で、おつゆはあえぐような声を出した。

翌日、藤十郎は店を敏八に任せ、『万屋』を出た。

四半刻（三十分）後に、入谷田圃《いりやたんぼ》の外れに広大な敷地を持つ『大和屋《やまとや》』の門をくぐった。相変わらず、『大和屋』の客間には、大名や大身旗本《たいしん》の家老や用人《ようにん》などが押しかけている。『大和屋』から金を借りようとしているのだ。

そういう客の相手をするのは『大和屋』の番頭格の綱次郎《つなじろう》である。

『大和屋』は幕臣である。町人を装っているが、れっきとした武門の家である。神君家《しんくん》康公の遺命を果たすべく役目を負っている。

藤十郎が居間に行くと、『大和屋』の当主藤右衛門《とうえもん》が待っていた。

「ごくろう」

藤右衛門が鷹揚《おうよう》に言う。

「急の呼出し、何かございましたか」

藤十郎は顔を上げてきく。

「藤一郎《とういちろう》を待て」

「はい」

藤右衛門は六十を過ぎてまだ矍鑠《かくしやく》としている。皺《しわ》だらけの顔に鋭い眼光、長く白い顎鬚《あごひげ》の怪異な容貌《ようぼう》である。

「失礼します」

廊下で声がして、藤一郎がやって来た。藤一郎は藤十郎の兄であり、四十歳。いずれ藤右衛門を継ぐ人間だ。

藤一郎が脇に腰を下ろすのを待ってから、藤右衛門が口を開いた。

「三月に入った。かねての約束どおり、鴻池《こうのいけ》本家から使者がやって来る」

「来ますか。鴻池が……」

藤十郎は呟いた。

鴻池は大坂の豪商である。始祖は尼子《あまこ》の家臣山中鹿之助《やまなかしかのすけ》の子だという。鴻池は酒造業からはじまり海運業にも手を伸ばし、さらに両替商になり、巨万の富を得た。

その金に大名たちが群がった。困窮した大名は鴻池に金銭的に頼っている。全国の半分近い大名が鴻池から金を借りていると言われている。

しかし、大名に金を貸しているのは鴻池本家ではなく、裏鴻池であると言われている。裏鴻池の実体は暗幕に包まれているが、金を貸した大名家にいつしか自分のところの番頭を派遣し、大名家の人事やまつりごとにまで介入するようになっている。また、親族の娘を若君の嫁に送り出してもいる。そこに、裏鴻池の企《たくら》みを垣間見《かいまみ》ることが出来る。

裏鴻池は財力をもって、実質的に武家を支配しようとしているのだ。

その裏鴻池が江戸に進出を企てている。窮する旗本・御家人《ごけにん》に金を貸そうとするだろう。すでに秘《ひそ》かに入り込んでいるかもしれない。事実、そのような兆候があった。

狙いを諸大名家から幕臣に変え、豊富な財力によって彼らを支配しようとしているのではないか。

だが、江戸には『大和屋』がいる。札差《ふださし》からも相手にされなくなった旗本・御家人に金を貸し出し、救済する役目を担っているのが『大和屋』だ。

裏鴻池の江戸進出に『大和屋』が障碍《しょうがい》となっている。だから、裏鴻池は『大和屋』と縁を結ぼうとしている。誼《よしみ》を通じにやってくるのは鴻池本家の人間だというが、裏鴻池の影が見え隠れする。

「いかがなさるのですか」

藤十郎は身を乗り出してきく。

「鴻池は大名家を凌《しの》ぐほどの豪商だ。そこからの挨拶は受けざるを得まい。また、鴻池の腹を探る意味でも会っておいたほうがよい。そなたにも顔合わせには来てもらうことになる」

「畏まりました」

藤十郎も相手の腹の内を探りたいと思っている。

「それにしても、神君家康公の先を見通すご慧眼《けいがん》に感服させられます。まさか、今のように町人が金を武器にこれほど巨大になるなど、誰が想像しえましょう」

藤一郎が感歎《かんたん》する。

「まことに」

藤十郎も相槌《あいづち》を打つ。

商人が台頭し、武士が困窮するような世の中になることを、神君家康公は見抜いていたのだ。だが、まさか、『大和屋』の財力を凌ぐやもしれぬ鴻池のような財閥が誕生するとまでは想像もしていなかったであろう。

『大和屋』は幕臣を守るために作られた一族なのだ。

「我らは、その役目を無事に果たさねばならぬ」

藤右衛門が厳しい顔で言い、

「藤十郎。いつぞやも申したように、今回の返礼に、そなたに大坂の鴻池本家を訪ねてもらうことになろう。そのつもりで」

「わかりました」

「それから、新町の様子を見てきてくれ」

「お加減は？」

新町とは、今戸の西側の広大な敷地を占める浅草弾左衛門《あさくさだんざえもん》の屋敷があるところだ。弾左衛門は良民ではないとされた人びとを支配する頭領であるが、この弾左衛門の存在こそ、神君家康公が徳川幕府の支配を見越して作り上げた身分制度であった。

その弾左衛門が病に臥《ふ》しているのだ。

「なにぶん、高齢であるからな。まあ、弾左衛門どのは藤十郎を気に入っている。見舞いに行ってさしあげれば喜ばれよう」

「わかりました」

役目の上の話し合いが終わったと見たのか、

「藤十郎」

と、藤一郎がやや砕けた感じで声をかけた。

「そなたも、いつまでも独り身のままというわけにはいかぬ。跡継ぎのこともある。そろそろ身を固めることを考えよ。父上とて、そなたの子どもの顔を見たいはず」

「そのことですが、私はおつゆを妻にしたいと思っております」

藤十郎は思い切って口にした。

「藤十郎、そのことだが」

「待て。藤一郎」

藤右衛門が制した。

「まあ、そのことはおいおい考えよう」

「父上。おつゆは……」

「まあ、待て。まずは、鴻池本家からの使者を迎え入れ、あちらの腹の内を探ることが肝要。それからのことだ。おつゆとて大和家譜代の番頭の家柄の娘。己の役目を十分に心得ていよう」

己の役目云々《うんぬん》という言葉にひっかかる。しかし、問いかけようとする前に、藤右衛門は立ち上がった。

「藤十郎、ごくろうであった」

「はっ」

即座に、藤十郎は平伏した。

おつゆを妻にし、単なる質屋の主人として生きていけたらといつも思う。だが、それは許されなかった。『大和屋』の一員として、代々引き継がれる大和家の任務を果たさねばならない。

れっきとした武士でありながら、その役目ゆえ町人として生きていかねばならぬが、武士の矜持《きようじ》を失ってはならない。しかし、おつゆを妻にしても、その気持ちは揺らぐことはなく、任務に差し障りがあるとは思えない。

時間をかけて、父と兄を説得するしかなかった。

『大和屋』の屋敷を出て、藤十郎は浅草田圃から浅草寺《せんそうじ》の裏を通り、山谷堀を越えて新町にやって来た。

大名屋敷にも匹敵する規模の弾左衛門屋敷の門をくぐる。門番が恭しく、藤十郎を迎え入れる。

この敷地内の北側奥に弾左衛門の役宅と住まいがある。庭を挟んで隣にあるのが家老職の屋敷、そして組頭《くみがしら》たちの屋敷と続いている。ここが、関八州《かんはっしゅう》の良民ではないとされた人びとの総本山である。

弾左衛門の住まいに向かう途中、塀際にある長屋から猿回しの円助がやって来るのに出会った。その長屋に猿回しを家業とする家が十数軒並んでいる。

「藤十郎さま」

円助の肩に猿が乗っていた。連れの者も猿を連れていた。

「これからか」

「はい。浅草の奥山です」

弾左衛門は猿楽《さるがく》、放下師《ほうかし》、獅子舞《ししまい》、傀儡師《くぐつし》などの芸人たちをも束ねている。

円助と別れ、藤十郎は玄関に立つと、すぐに女中が出て来て心得たように奥に引っ込んだ。

それから、藤十郎は弾左衛門の嫡男《ちゃくなん》小太郎《こたろう》に案内されて、弾左衛門の病床に向かった。

「父上。藤十郎さまがいらっしゃいました」

部屋の前で、小太郎は声をかけた。

「おう、藤十郎どのが。入ってもらえ」

中からうれしそうな声が聞こえた。

小太郎が障子を開け、藤十郎は部屋に入った。

弾左衛門はふとんの上に半身を起こしていた。頬がこけていたが、顔色はそれほど悪くない。

「藤十郎どの。よく来てくれた」

「御前《ごぜん》さま。お加減はいかがでありましょうか。顔色はよろしいようですが」

「うむ。じき起きられよう。心配はない」

「はい。安堵《あんど》いたしました」

しかし、弾左衛門が厳しい表情で口を開いた。

「藤十郎どの。じつは、わしもそろそろ小太郎に跡を譲ろうかと思っておるのだ。頑健だと思っていたが、やはり年には勝てぬ」

「隠居なさるおつもりですか」

藤十郎は驚いてきき返す。

「うむ。わしも年だ」

「いえ。まだまだご活躍なされると存じます」

「今年の正月から考えていたのだ」

病気が気持ちを弱くしているのだろうかと思ったが、そうではなかったようだ。

「わしも還暦を過ぎた。いつまでも年寄りがのさばっていてもろくなことはない。小太郎の成長のためにもわしは身をひこうと思う」

そう言い、弾左衛門は小太郎に目をやった。

「父上。まだまだ、父上が必要でございます」

小太郎が訴えるように言う。

「いや。おまえなら十分にやっていける。ただ」

弾左衛門は一呼吸置いてから、

「鴻池の動きだ」

と、目を鈍く光らせた。

「御前さまのお耳にもお入りですか」

「うむ。鴻池が江戸に出て来ると聞いたが？」

「はい。二、三日うちには江戸に入る模様でございます」

「江戸で商売をはじめる気なのか。それとも、別に思惑が？」

「わかりません。ただ、鴻池が勘定奉行に接触を図っていたのは事実です。いずれ、裏鴻池が幕閣に食い込んできましょう」

「我らへの挑戦か」

弾左衛門は目を剝いた。

「そうかもしれません」

鴻池の財力に対抗出来る商人は江戸にもいない。江戸の豪商である札差、材木商、酒問屋などが束になっても敵うまい。立ち向かえるのは弾左衛門だけだ。

神君家康公は、弾左衛門たちに革問屋、革細工、灯心作りなどを一手に任せた。死んだ牛馬の皮を剝《は》ぐ仕事を請け負わせた。武士が必要とする武具や馬具などを製造、販売し富を独占させた。

そして、富を与える代わりに、良民と一線を引いて、身分を最下層においたのだ。

商取引の中で財を成した鴻池と、神君家康公の保護政策によって財を成している弾左衛門とはまったく正反対だ。

「御前さま。鴻池とは当面、腹の探り合いが続きましょう。何かわかり次第、ご報告にまいります」

「うむ。頼む。このことのけりがついたら、わしは隠居する」

弾左衛門の覚悟を、その表情からくみ取った。

五

庭の桜が芽吹いている。京太は長谷川町《はせがわちよう》にある大瀬竹之丞の屋敷の稽古場に顔を出した。

事件から十日も過ぎて、稽古場から三味線の音が聞こえるようになった。弟子たちが踊りの稽古をしているのだ。

京太は宮地《みやち》芝居の端役《はやく》の役者の子で、十歳のときに先代の三代目竹之丞の弟子になり、先代が知久翁と名を改めて隠居したあと、亡くなった四代目竹之丞の弟子になった。名門の出ではない人間が名を上げる機会はほとんどない。縁故もなく、養子に入る伝《つて》もない。このまま、大部屋の役者で終わるより、いっそ戯作者《げさくしや》になろうと道を変えた。だが、竹之丞には気に入られていて、付き人のような真似《まね》をして小遣いをもらっていた。

竹之丞の弟子の千太郎が稽古に立ち上がった。門弟たちも、次の師匠が誰になるかわからないので落ち着かないようだ。

「京太さん。大旦那がお呼びでございます」

門弟のひとりが呼びに来た。

「大旦那が来ていなさるのか」

「はい。いまはほとんど毎日のようにお出《い》でです」

「そうかえ」

千太郎が踊っているのを横目に見ながら、京太は稽古場を出た。

居間に行くと、知久翁が煙草をくゆらせていた。

「京太、まあ、もそっとこっちに」

「はい」

京太はにじり寄った。

「少し、おまえにききたいことがある」

知久翁は改まってきく。

「はい。なんでございましょうか」

竹之丞が殺されたときのことだとわかっていながら、京太はとぼけた。

「あの夜のことだ」

案の定、知久翁は声をひそめた。

「実際のところはどうなんだ？」

「どうと仰いますと？」

知久翁は新しく刻みを詰めて、火をつけた。

煙を吐いてから、

「あのとき、駆けつけて来たおまえはこう言ったのだ。太夫が『辰巳屋』の内儀さんに殺されたとな」

「えっ、そんなことを申しましたっけ」

すっかり忘れていたが、そんなことを叫んだかもしれない。

「ふん。覚えちゃないのか」

「へえ、あのときは気が動転していたもので」

「俺たちが駆けつけたとき、竹之丞はふとんに寝かされていた。おまえの話とは違っていた」

「私も驚きました」

「あのとき、なぜ、『辰巳屋』の内儀さんに殺されたと言ったんだ?」

「なにしろ、太夫が死んでいたのでびっくりして。ともかく、大旦那の指示を仰がねばならないと思い、手伝いの女に自身番に知らせるなと言い残して飛び出しました」

「『辰巳屋』の内儀さんはどうしていたんだ?」

「へえ、もう呆然としていて、声をかけても反応がなかったんです」

「それだけかえ」

「えっ?」

「内儀さんが殺したと思ったんだろう?」

「どうした？　そう思わせる何かがあったはずだ」

「それが……」

「いえ、私の早とちりだったようで」

京太は用心深く答える。

「じゃあ、『辰巳屋』の内儀さんに殺されたというのは間違いだったんだな」

「そのとおりで。それに、吾平親分も押込みだと言ってましたから」

「そうか」

知久翁は憮然《ぶぜん》とした。

「大旦那。何か」

京太は不審に思った。

「京太。おまえが竹之丞の一番近くにいたのだ。竹之丞の様子に変わったところはなかったか」

「変わったことですかえ」

京太は小首を傾げた。

「いえ、特には何も」

京太は否定した。

「ないならいい」

知久翁がいらだったように言う。

知久翁はおこうを疑っているのだろうか。しかし、知久翁とて疑わしいのだ。一度、知久翁と竹之丞が言い争ったことがある。

父親が実の子を殺すなどふつうではあり得ないが、竹之丞がぼやいているのを聞いたことがある。

「親父《おやじ》は俺のおふくろより妾《めかけ》のほうが愛《いと》おしいらしい」

その裏には、俺より雪二郎のほうが可愛いんだという自嘲《じちょう》が隠されていた。

竹之丞は自分の母親のことで父親を憎んでいた。母をないがしろにした上に、亡くなると、すぐに後妻に収まった雪二郎の母にもよい感情を抱いていなかった。

竹之丞が知久翁の型を真似ずに独自の女形を作り上げようとしたのは、芸への考え方の違いからか、父親への反撥《はんぱつ》からかわからない。

いつぞや、竹之丞が言ったことがある。

「先代は確かにうまい役者だ。政岡《まさおか》や玉手《たまて》、八重垣姫《やえがきひめ》など見事にこなす。だが、それだけだ。その人間の持っている業《ごう》のようなものが出せない。どんな役でも無難にこなすが、客の魂を掴むことが出来ない。ようするに芸に深みがないのだ。俺は新しい竹之丞を作り出したいのだ」

そう言うだけあって、竹之丞の女形には華やかさや美しさだけでなく、客に迫ってくる凄味《すごみ》があった。

そんな芸を、知久翁は否定していた。四代目の芸は客を客とも思っていない。客の魂を摑むなどとはおこがましい。そのための芸は荒れるだけだ。四代目のふと見せる客を蔑《さげす》んだような笑み、あれは邪道だ。

そういう知久翁の考えを実践してきたのが雪二郎だ。

雪二郎は先代にそっくりだという評判に、物真似ばかりしていたんじゃ、いつになっても先代は越えられないと、竹之丞は切り捨てた。

知久翁はふたりの対立を知っていたはずだ。

知久翁が黙っているので、

「どうもお役に立てませんで」

と、京太が引き上げようとするのを、知久翁が引き止めるように口にした。

「いま、いろんな噂が出ている。聞いているな」

「はい」

京太は浮かした腰を下ろした。

「無責任な噂が飛び交っている。ひどいもんだ。どこから、そんなことが思いつくかと呆《あき》れるほどだ」

知久翁が顔をしかめた。

「仰るとおりでございます。これも下手人がいまだに見つからないからでございます」

いったい誰が言い出したのか。雪二郎がひとを使って竹之丞を殺したとか、知久翁はほんとうは雪二郎に竹之丞を継がせたかったのだとか、竹之丞の弟子の千太郎は自分のほうが芸が上だから、自分が竹之丞になるのが当たり前だと思っていたとか、贔屓筋の取り合いが原因だとか、さまざまな噂が飛び交っている。

おこうと話したときにも出たことだった。だが、おこうが言い触らすはずはない。すべて、誰もが想像することなのかもしれない。

「こんな噂が広まると、後継者が決めにくい。雪二郎に気持ちをきいたが、下手人が捕まらないうちは受けられないということだった」

「そうですか」

下手人が捕まらないまま五代目大瀬竹之丞を継いだ者は、それが雪二郎であろうが千太郎であろうが、先代を殺して手に入れた名跡という疑いが生涯ついてまわるかもしれない。それを恐れているのだろう。

「いっそ、竹太郎さんに継がせたらどうですかえ。まだ、九歳ですが、市川家では七代目も八代目も十歳で團十郎《だんじゅうろう》を継いでいますぜ。血筋からいっても、それが妥当ではありませんか」

京太はおこうの言葉を思いだして言った。

「俺もそのことは考えた。まだ九歳だから、名跡を継いでも変な噂は立つまいとな。だが、俺が竹之丞を嫌っていて、孫の竹太郎に名跡を渡そうとしていたという噂もあるそうだ」

「まさか」

京太は呆れたような顔をしたが、その噂も耳にしており、あり得ないことではないと思っていた。だが、そんなことはおくびにも出せない。

「そんな無責任な噂に流されるなんて、おかしゅうございます」

「しかし、世間の口に戸はたてられない」

「ええ」

「京太。このままじゃ、にっちもさっちも行かないんだ」

「………………」

「おまえしかいない」

「えっ？　何がですかえ」

「下手人を知っている人間だ」

「さっきから申してますが、私は何も知らないんです」

「しかし、殺しの直後に現場に行っているんだ。誰かを見ているはずだ。違うか」

「私は誰も……」

京太が突然、あっと声を上げた。

「どうした？」

「いえ、事件に関係あるかどうかわかりませんけど」

「誰か見たのか」

「いえ、はっきりとは」

「ひょっとして、新町の人間ではないか」

「えっ、どうしてですかえ？」

「弾左衛門屋敷の近くだ。だから、そこの人間があの辺りをうろついていても不思議ではない」

そうか、そういうわけかと、京太は知久翁の腹の内を察した。弾左衛門の配下の人間を生贄《いけにえ》にしようとしているのだ。

このまま、竹之丞殺しの下手人が捕まらないと、無責任な噂が飛び交い、またそのために大瀬竹之丞の後継者が決まらないことになる。誰でもいいから、下手人を作り出そうとしている。

「いいか。京太。おまえだけだ、現場に行っているのは。誰か思いだしてくれ。そしたら、おまえの戯作を必ず舞台に乗せられるようにしてやる」

「えっ、ほんとうですかえ」

「そうだ。五代目竹之丞の襲名興行に、おまえの戯作を上演することが叶うかもしれぬ」

京太は生唾《なまつば》を呑み込んだ。

戯作者としてはまだまだ駆け出しで、誰にも相手にされていなかった。知久翁の後ろ盾があれば……。

「間違いないでしょうか」

京太は確かめた。

「もちろんだ」

「わかりました。じつは、私は現場から去って行くひとりの男を見ておりました」

「誰だ？」

「猿回しの円助です」

「なに、あの野郎か」

知久翁は眼光鋭く京太を睨《にら》み付け、

「吾平親分には話してないのだな」

「へえ、話しちゃいません」

「よし。いまからでも話しに行け」

「でも、事件から何日も経ってから訴え出るというのは不自然じゃありませんかえ」

「そんなことあるものか。事件に関係しているかどうかわからないから黙っていたが、下手人がなかなか捕まらないので、訴え出たと言えばいい」

知久翁は興奮していた。

「あとは吾平親分が調べることだ。すぐに、知らせてくるんだ」

京太はためらった。円助が下手人にされかねない。誰でもいいから下手人を挙げ、知久翁は後継者を選びたいのかもしれない。

「わかったな」

知久翁が念を押した。

「へい」

京太は頷いた。戯作上演が叶うかもしれないという喜びが頭の中を駆けめぐっていた。

「それから、大瀬家の家宝の懐剣が見当たらないのだが、知らないか」

「えっ？　懐剣がですかえ」

「そうだ。竹之丞の部屋のどこを探してもない。いつも懐剣をしまっておく隠し扉の奥にもないのだ。きよも知らないと言っている」

きよとは竹之丞の妻女だ。

いったい、大瀬家に何が起きているのだと、京太は薄ら寒い思いをした。

六

その日、吾平は子分の喜蔵《よしぞう》とともに今戸にやって来ていた。

事件のあった『辰巳屋』の別宅はいまは誰も住んでいない。日に一度、近所の老夫婦が頼まれて掃除に来るだけだ。

女中のおいとは、『辰巳屋』の本宅のほうに移っていた。

下手人の手掛かりはまだ見つからない。ほんとうに押込みだったのかという疑いはまだ完全には消えていない。

今戸周辺の橋場、山谷、聖天町《しょうでんちょう》など、あの一帯で押込みがあったという報告はなかった。空き巣の被害もない。空き巣の最中に家人が帰って来て強盗に早変わりをしたという事件もない。それに、空き巣狙いは昼間に行動をする。

おいとの話もどこか納得いかないところがあるが、それも決定的なものではない。

もしかしたら、押込みと見せかけて大瀬竹之丞を狙ったのではないかと、あとになって思うものの、あのときは押込みがあったというおこうの訴えを丸ごと信用してしまった。

殺されたのが大瀬竹之丞であることを配慮してもらいたいと、おこうから口止め料をもらったことが今になって響いている。

押込みと決めつけてしまったために、大瀬竹之丞を狙ったのではないかという探索が出来なくなっていた。その上、やっかいなことに、いろいろな噂が飛び交っている。これも、下手人がまだ見つからないからだ。

事件のあった別宅に行き、もう一度、部屋を探したが、新たに見つかったものはなかった。ただ、賊がどうやってこの家に侵入したのかはっきりしない。

小伝馬町の『辰巳屋』を訪れ、もう一度おこうとおいとから話を聞き直してみようと思い、吾平は今戸橋を渡った。

「親分。下手人が早く見つかるように聖天さまに願掛けしていきませんか」

喜蔵が妙なことを言った。

「おめえ、そんなに信心深かったか」

吾平は不思議そうにきいた。

「いえね。聖天さまにお願いしたら失せ物《うせもの》が出てきたって、あっしの知り合いが言っていたんですよ。だめでもともとです。ちょっと願掛けしていきませんか」

「苦しいときの神頼みか」

吾平も気弱になっていた。奪われた財布や煙草入れはどこの質屋からも質入れに来たという訴えがない。

「まあ、すぐそこだ。寄って行くか」

天下の吾平が神頼みかと忸怩《じくじ》たるものがあった。

待乳山《まつちやま》聖天の石段を上がり、拝殿に向かった。人出も多い。吾平は喜蔵と並んで下手人が見つかりますようにと手を合わせた。

聖天社から出たとき、前をぼろをまとった物貰《ものもら》いが歩いていた。追い越し際に、なにげなく物貰いのほうを見た吾平は息が詰まりそうになった。

「おい、ちょっと待て」

吾平は物貰いの行く手を遮った。

「なんでございましょうか」

汚れてくろずんだ顔を向けた。

「そいつはどうしたんだ？」

物貰いが高価そうな革の財布を手にしていたのだ。

「これですかえ。拾ったんです」

「見せてみろ」

やはり、金唐革だ。大瀬竹之丞のものに似ている。

「どこで拾った？」

「聖天さまの本殿の裏ですよ。ゆうべ、あそこで寝たんです。そこで、これを見つけました」

「他には?」

「これだけです」

「ほんとうか」

「ほんとうです」

「これを、どうするつもりだったのだ?」

「………」

物貰いは返答に窮した。

「質屋に持って行こうとしたか。残念だったな、盗品のお触れがまわっている。こいつは殺された人間の持ち物だ。へたをすれば、おめえが殺して盗んだと思われるぜ」

「げえっ」

物貰いは血相を変えた。

「冗談じゃございませんぜ」

「これを拾った場所に案内しろ」

吾平は命じた。

「えっ、これからですか。本殿の裏です。行けばわかります」

「つべこべ言わずに案内しろ」

吾平は一喝した。

「へ、へい」

物貰いはあわてて答える。

吾平は物貰いといっしょに聖天社に戻った。

本殿の裏にまわり、

「ここです」

と、床下を指差した。

吾平は喜蔵に目配せする。

喜蔵は社殿の床下を這《は》いずりまわった。やがて、親分と声を上げた。

「あったか」

「へい」

喜蔵が赤漆革に象牙の根付のついた煙草入れを持って出て来た。やはり竹之丞の持ち物に違いない。

「いいか。これは預かる」

「へい」

物貰いはがっかりしたようにとぼとぼと去って行った。

「親分。驚きましたぜ。願掛けの効き目がこんなに早く現れるなんて」

「喜ぶのは早い。これがほんとうに竹之丞のものかどうか確かめるんだ」

「わかりやした」

吾平と喜蔵は元浜町にある知久翁の家に急いだ。

知久翁の家に着き、知久翁への面会を求めた。

「これは親分さん」

奥から知久翁が出て来た。

「ちょっと見てもらいてえ」

「はい」

「これだ」

財布と煙草入れを出す。

「あっ、これは」

知久翁が腰を浮かした。

「太夫のものに間違いないか」

「そうです。間違いありません」

「そうか」

「親分さん。じつは、京太が事件の夜、現場近くから去って行った男を見ていました」

「なに？」

吾平はほんとうに願掛けの御利益があるのかと不思議に思った。

翌日の夕方である。

夕陽《ゆうひ》が木立の向こうに隠れた。蝮の吾平は同心の近田征四郎とともに浅草奥山で大勢の見物人の陰から猿回しの芸を見ていた。

竹馬や梯子乗りなどのあとに、猿に紅の着物を着せ、頭には手拭いを吉原かぶりに乗せ、傘《からかさ》を持たせて太鼓と笛に合わせて踊らせている。

なるほど、猿を大瀬竹之丞に見立てているのだろう。見物人からはやんやの喝采《かっさい》を受けている。

芸が終わり、円助は目笊《めざる》を持って見物人たちをまわった。目笊に銭が投げ込まれていく。

やがて、見物人は散っていった。最後に残ったのは吾平と近田征四郎だ。荷物を片づけていた猿回しのひとりが不審そうな目をくれた。

吾平が近づく。円助が顔を上げた。

「これは親分さん。あっ、近田の旦那」

円助が腰を折った。

「円助。ちょっとききてえことがある。自身番まで来てもらおうか」

吾平が声をかけた。

「えっ、どういうことでございますか」

円助が丸い目を見開いた。

「二月二十六日の夜のことをききてえんだ」

「二月二十六日の夜？」

円助は小首を傾げた。

「五つ（午後八時）ごろだ」

「たいてい、長屋に帰ってますが」

「ひとが見ている。ここじゃ落ち着くめえ。自身番まで来てもらおう。それともなにか、来られねえわけでもあるのか」

「いえ、そうじゃねえ。ただ、何のことかさっぱりわからねえんで」

円助は抗議するように言う。

「ほう、とぼけるのか」

「とぼけちゃいません」

「そうか。じゃあ、はっきり言おう。その夜、今戸で歌舞伎役者の大瀬竹之丞が殺された。ここまで言えば、何の用かわかるだろう」

「待ってください。あっしには関わりないことでございます」

「とぼけてもだめだ。ともかく、言い訳は自身番で聞こう」

「そんな」

円助は戸惑っていたが、ふっと溜《た》め息《いき》をつき、連れの男に向かって、

「すぐ疑いは晴れる。先に帰っていてくれ」

と、声をかけた。

猿が円助の足にまとわりつく。

猿をなだめてから、円助は近づいてきた。

「おともいたします」

「よし」

吾平は円助を田原町《たわらまち》の自身番に連れて行った。

自身番の奥にある三畳の板の間で、まず吾平が切り出した。

「二月二十六日の夜五つごろ、どこにいた？」

「あっしは大瀬竹之丞のことなんか知りません。なんかの間違いです」

「だから、どこにいたときいているんだ」

「あの夜は……」

円助は言いよどんだ。

「どうした、あの夜は？」

「花川戸《はなかわど》の古着屋に行ったんです」

「なんという店だ？」

「それがもう閉まっていて」

「そうか、閉まっていたか。で、それから、どうした？」

吾平は含み笑いをしてきく。

「へえ、そのまま帰りました」

「どうやって帰った？」

「今戸橋を渡ってそのまま」

「妙だな」

吾平はわざとらしく首を傾げた。

「大川端の道を行くおめえを見ていた者がいるんだ」

「大川端……。ああ、月がきれいなんで、つい誘われて」

「円助。どうせ、嘘をつくなら、もっとうまい嘘をつくんだな。いいか、あの夜はその時間、まだ月は上がっちゃいねえ」

「えっ」

円助は動揺している。間違いない、こいつだ、と吾平は冷笑を浮かべ、

「どうした、思いだしたか。月は出ていなかった。なのに、大川端の道を歩いている。

どうしてだ？」

「どうして、その道を通ったのか覚えていません」

「覚えてねえだと。ふざけるな」

吾平は癇癪《かんしゃく》を起こした。

「まだ、十日ほどしか経ってねえんだ。月に誘われたなどといい加減なことを言いやがって。正直に話してみやがれ」

「親分。あっしはほんとうに何もやっていねえ。信じてくれ」

円助は必死に訴えた。

「いい加減なことを口にしておきながら信じてくれだと。そんな虫のいい話があるか。いいか、おめえは、あの夜、『辰巳屋』の別宅に忍び込み、たまたま来ていた大瀬竹之丞を殺し、財布と煙草入れを奪って逃げたんだ」

「違う。そんなこと、しちゃいねえ。ほんとうだ」

円助は泣き顔になった。

「円助」

近田征四郎が声をかけた。

「おめえ、歌舞伎役者の大瀬竹之丞を知っていたか」

「へえ、名前は知っています。女形の人気役者だってことも」

「そうだ。当然、知っているはずだ。さっきの猿の芸。紅《あか》い着物を着せていたのは大瀬竹之丞に見立てているんだろう」

「違います。そんなつもりはありません」

「黙れ。看板役者ならたんまり金を持っていると思って、狙ったんじゃないのか」

「そんなこと、思いやしません」

「あの夜、大瀬竹之丞を見かけたのではないか。そして、あとをつけた。よいか、円助。聖天社の本殿の床下から見つかった竹之丞の財布に動物の毛がついていたんだ。言い逃れはできぬ。観念するのだ」

近田征四郎が迫った。

「違う。あっしじゃねえ」

円助は声を絞り出した。

「続きは大番屋だ」

征四郎が立ち上がった。

「よし。立ちやがれ」

吾平は勝ち誇ったように円助の襟首を摑んだ。これで、現場を改竄《かいざん》した不始末も帳消しだと、吾平はにんまりした。

第二章　無実の罪

一

藤十郎は弾左衛門に呼ばれて屋敷に駆けつけた。

弾左衛門は半身を起こして待っていた。

「おお、藤十郎どの。すまなかったな」

「いえ、何かおありですか」

「うむ。藤十郎どのは猿回しの円助をご存じか」

「はい。知っております。円助に何か」

円助の身に何かあったのだと、藤十郎は察した。

「今戸で、歌舞伎役者《かぶきやくしゃ》の大瀬竹之丞が辻強盗《つじごうとう》に殺されるという事件があった。その辻強盗の疑いで円助がきのう捕まったのだ」

弾左衛門が呻《うめ》くように言った。

「円助が?」

「うむ。すぐに小頭《こがしら》を大番屋に行かせたが、円助には会わせてもらえなかった。近田征四郎の言い分は、円助は今戸橋を渡った辺りで竹之丞を襲い、匕首《あいくち》で刺し殺し、懐から財布と煙草入《たばこい》れを盗んだ。だが、品物から足がつくことを恐れ、金だけを抜き取り、財布と煙草入れは聖天さまの本殿の床下に隠したということらしい」

「円助がやったという証拠はあるのですか」

「現場付近にいたのを目撃した人間がいたそうだ。それと、財布に動物の毛がついていたという。猿の毛らしい」

「猿の毛？　ほんとうに猿の毛だったのでしょうか」

藤十郎は疑問を呈した。

「わからぬ。向こうは、そう言っている」

「藤十郎さま。円助は無実です」

小太郎が横合いから訴えた。

「私は円助をよく知っていますが、人殺しが出来るような人間ではありません」

「私もそう思います」

藤十郎も応じる。

「円助が現場付近にいたというのはほんとうなのですか。円助の朋輩《ほうばい》はどう言っているのですか」

「それが……」

小太郎は俯《うつむ》けていた顔を上げ、

「あの夜、円助は外出しています。門番の話では帰って来たのは五つ（午後八時）過ぎだったということです」

「どこに行ったのでしょうか」

「わかりません。でも、門番も朋輩もいつもと変わったところはなかったと言っています。円助ではありません」

「藤十郎どの」

弾左衛門が口を開く。

「我が弾左衛門一族は、お尋ね者の探索の手伝いや牢屋敷《ろうやしき》火災の折りの消火など、南北の奉行所に手を貸している。奉行所が出来ない、またはやらない役目を担っている。しかし、我らは決して奉行所の配下ではない」

弾左衛門が訴える。

「このような形で我が配下の者が下手人《げしゆにん》にされてしまえば、ますます奉行所は我らに対し配下同様の扱いをするようになる。もちろん、円助が事実、ひとを殺したのならば止《や》むを得ぬ。だが、証拠が明らかでないまま一方的に裁かれることは断じて承服出来ぬ。このような横暴が罷《まか》り通れば、組頭《くみがしら》の中からも奉行所への協力を考え直すべきだと主張する者も出てこよう」

弾左衛門は苦渋に満ちた顔をし、

「奉行所と我が一族とがまた確執を持って対立するようなことになっては、この機に乗じて非人頭《ひにんがしら》の車善七《くるまぜんしち》が我が支配からの独立をはかろうとするやもしれぬ」

同じように奉行所に手を貸して牢屋敷や刑場、病気の囚人を治療する浅草溜《ため》などで働いているひとたちがいる。その者たちを束ねているのが車善七であり、弾左衛門の配下にあった。しかし、弾左衛門の支配から脱しようと機会を狙《ねら》っているのだ。

「そのことならば、『大和屋』がしっかり目を配っております」

「うむ。ただ、やはりあの件が長老たちに暗い影を落しているのだ」

「あの件？」

藤十郎はきき返してからふと気がついた。

「ひょっとして、團十郎の『勝扇子《かちおうぎ》』の件でございますか」

「うむ」

弾左衛門は厳しい顔で頷《うなず》いた。

『勝扇子』とは宝永五年（一七〇八）に二代目市川團十郎が著した書き物である。

それまで、河原乞食《かわらこじき》と呼ばれた歌舞伎役者は弾左衛門の支配下にあった。したがって、当時の江戸四座を除く芝居小屋での興行では弾左衛門に櫓銭《やぐらせん》を払っていた。

歌舞伎が人気を博して行く中で、團十郎は弾左衛門の支配下にあることが我慢ならなかった。

そんな折り、京都四条河原のからくり人形遣いの小林新助《こばやししんすけ》が関八州での興行には弾左衛門の許可が必要だということに反撥《はんぱつ》し、弾左衛門配下の小頭たちと揉《も》め事《ごと》を起こした。

このことを小林新助は奉行所に訴えた。当初、奉行所では関八州での興行には弾左衛門の許可が必要だという決まりを話したが、小林新助は納得せずに反論。この中で、小林新助は歌舞伎興行と弾左衛門の支配の間にある矛盾をついた。

裁きの結果は小林新助の勝訴で、大道芸人たちはそのままだが、役者たちは弾左衛門の支配から脱することが決まった。

この裁定を喜んだ二代目團十郎はその顚末《てんまつ》を『勝扇子』にまとめたのである。

弾左衛門配下の長老たちの中にはこの事件にいまだにこだわっている者もいる。そしてまた、歌舞伎役者に対して恨みを持っているのだ。

團十郎たちが狂喜したことで、逆に弾左衛門たちがよけいに差別されるようになったためだ。太鼓や武具、馬具を作るために牛馬の死骸《しがい》から皮を剝《は》ぐ、堀や川の汚物などを掃除するなどの仕事を担ってきた人びとがさらに蔑《さげす》まれるようになった。

「藤十郎どの。円助のことが、まかり間違えば大きな問題に発展しかねない。どうか、真相を明らかにしていただきたい。仮に、藤十郎どのが調べた結果、真実円助の犯行となっても、皆は納得する。どうか、頼む」

弾左衛門が頭を下げた。

「御前《ごぜん》さま。頭をお上げください。畏《かしこ》まりました。必ずや、真相を明らかにしてみせます」

「頼む。このとおりだ」

またも、弾左衛門は頭を下げた。

「藤十郎さま。お手伝いすることがあれば、なんなりと仰《おつしや》ってください」

小太郎が申し出た。

「そのときはお願いいたします」

藤十郎は一礼してふたりの前から下がった。


その夜、藤十郎はおつゆとともに今戸橋を渡った。

「辻強盗が出たのはこの辺りか」

藤十郎は眉根《まゆね》を寄せた。

「いちおう、そのように言われていますが、腑《ふ》に落ちません」

おつゆが答える。

右手は大川だが、左手には小商いの店が並んでいる。悲鳴も上げることが出来ないほど、早わざで辻強盗に襲われたのだろうか。

近くには居酒屋『よしみ』がある。五つ(午後八時)ごろであれば、まだ客もたくさんいただろうし、往来にはひとも歩いていたはずだ。

「やはり、辻強盗というのは不自然だな。で、大瀬竹之丞が担ぎ込まれた家というのはどこだ?」

「はい、この先でございます。小伝馬町にある『辰巳屋』の別宅だそうです。たまたま、内儀《おかみ》さんが来ていて、竹之丞さんの異変を聞いて家に運んだということです」

黒板塀の小粋な家の前で、おつゆは足を止めた。

「ここで、ございます」

「ここに吾平親分が遺体を運んだのか」

「はい。たまたま吾平親分が事件のあとに通りかかり、死体を見つけたそうです。歌舞伎役者の竹之丞だと気づき、野次馬で大騒ぎになったら始末におえなくなると思い、近くに『辰巳屋』の別宅があることを思いだして遺体を運んだということになっています」

「やはり、辻強盗ではないようだな。この家ではないか」

「この家に賊が入ったということですね」

「そのほうが説明がつく」

「なぜ、吾平親分はそんな手の込んだことをしたのでしょうか」

おつゆは疑問を呈した。

「吾平親分がそんな真似《まね》をするとは思えない。誰かから頼まれたと考えるべきだろう」

「『辰巳屋』の内儀さんですね」

「おそらくな」

『辰巳屋』の別宅の裏手にまわった。忍び返しのついた塀を乗り越えるのは簡単ではなさそうだ。

「賊はどこから侵入したのか」

「塀を乗り越えるのは無理のようです」

裏口があった。藤十郎はそこに近づいた。戸は鍵がかかっていた。

「『辰巳屋』の内儀に会ってみる。芝居町の噂話《うわさばなし》を聞きつけてくれないか」

「はい。畏まりました」

おつゆはしっかりとした声で答えた。

再び、今戸橋を渡った。

月の光が妙に黄色く見えた。さっきから、おつゆが黙りこくっていることが気になる。

ふと見せるおつゆの表情がたまらなく寂しそうだ。

「おつゆ。やはり、そなたは何かを隠しているな」

「いえ」

かすれた声だ。

「そうか。私に隠し事をするのか」

藤十郎は落胆した。

おつゆははっとしたような顔つきになった。

「私は……」

「いや、よい。口止めされているのであろう。そなたも板挟みで苦しいに違いない」

藤十郎はここまでおつゆが苦しみ、なおかつ口に出来ないことを想像した。そして、ある結論に辿《たど》り着いた。

「おつゆの縁談ではないとすると、私のほうか。私の縁談が進められているのか」

藤十郎は静かにきいた。

「はい」

「やはり、そうか。で、相手は誰だ?」

「………」

「どうした?」

「はい。お相手は……」

またも、おつゆは言いよどんだ。

「どんな相手であろうが、私はきっぱりと断るつもりだ。私を信じるのだ」

「でも、藤十郎さまには『大和屋』の使命を担うという大事な役目がおありです。私ごときのために、そのお役目を疎《おろそ》かにしてはいけません」

おつゆは瞳《ひとみ》を濡《ぬ》らした。

なぜ、そこまで思い詰める。たとえ相手が大名や大身《たいしん》の旗本の姫君であろうが、断るまでだ。そんな藤十郎の思いを知っていながら、なぜおつゆはこのように悲しい目をするのか。

「まさか」

ある想像が働き、藤十郎は愕然《がくぜん》とした。

「おつゆは、私の父と兄が何を考えているのか知っているのだな」

おつゆの父親を通して、藤右衛門と藤一郎はおつゆに因果を含めたのだ。父と兄の非情さに、藤十郎は胸が張り裂けそうになった。

翌日の午前、藤十郎は小伝馬町にある醬油問屋《しょうゆどんや》『辰巳屋』を訪れた。

おこうは病床に臥《ふ》している亭主徳兵衛に代わって店を切り盛りしている。番頭を介して、藤十郎は内儀のおこうと会うことが出来た。

「お話とはなんでしょうか」

おこうは毅然《きぜん》とした態度で言う。芸者上がりだが、商売にも口を出し、かなりの遣り手《やりて》という噂のとおり、ただ色っぽいだけの女とは違うしたたかさが感じられた。

「大瀬竹之丞さんが殺された件で、いくつかお訊《たず》ねしたいことがございます」

藤十郎は切り出した。

「お待ちください。万屋さんはなぜ、そのことに興味を示されるのですか」

おこうは藤十郎の声を遮ってきいた。

「私は下手人として捕まった猿回しの円助と懇意にしております。円助は人殺しの出来る人間ではありません。ぜひ、真相を知りたいと思い、参上いたしました」

「円助さんを助け出したいというのですか」

「いいえ、真実を知りたいだけなのです。その結果、やはり円助が殺していたとわかれば、円助には罪を償ってもらいます」

「そうですか。わかりました。ただ、私も忙しい身、いつ、番頭さんから呼出しがあるかもしれません。そのおつもりで」

「承知いたしました。では、さっそく。まず、お伺いしたいのは、殺された場所です。辻強盗ということですが、往来にはそのようなことが起きた形跡はまったくありません。また、亡骸《なきがら》がたまたま近くにあった『辰巳屋』さんの別宅に運ばれたというのも不自然に思います。あの夜、内儀さんは別宅にいらっしゃったのですか」

「おりました」

答えるまで、一瞬の間があった。

「どのような御用で別宅に？」

「いま、病気の主人に代わってお店を見ています。気苦労も多く、疲れたときなどひとりになりたいので、今戸へ行きます」

「二月二十六日もそうだったのですか」

「はい」

「内儀さんは竹之丞さんを贔屓《ひいき》になさっているとお伺いしましたが？」

「はい」

「あの夜、竹之丞さんはたったひとりでどこに行くつもりだったのでしょうか」

「さあ、私にはわかりません」

「あの近くに、竹之丞さんが親しくしている方が住んでいるという話を聞いたことはございますか」

「さあ、わかりません」

「事件が起きたことをどうして知ったのですか」

「吾平親分が私の家にやって来たのです。すぐ近くで、竹之丞の死体を見つけた。ここに運んでいいかと」

「なぜ、吾平親分はそんな真似をしたのでしょうか」

「さあ、いま人気の女形の死体が見つかったと知れれば、付近のひとが集まってきて収拾がつかなくなる。そのことを恐れたのではないでしょうか」

「なぜ、自身番に運ばず、内儀さんのところに？」

藤十郎はぐっとおこうの目を睨《にら》み付けた。

「すぐ近くだし、親分は私が太夫《たゆう》の贔屓であることを知っていたのではないでしょうか」

「しかし、内儀さんが来ているとは知らなかったのではありませんか」

「明かりがついているのを見て、私が来ているのかもしれないと思ったのだと思います」

「そのとき、家にはどなたがいらっしゃったのですか」

「家に、ですか。女中のおいととふたりでした」

「で、それからどうしたのですか」

「太夫をふとんに寝かせてから、太夫のお父上の知久翁《おう》さんを呼びにやりました」

「使いは誰が？」

「おいとに行かせようとしたところに、太夫の付き人兼戯作者《げさくしゃ》の京太さんにばったり出会ったのです。太夫に用事があって追ってきたそうです。そこで、事態を知って、京太さんはすぐに知久翁さんの家に向かってくれたのです」

「京太さんですね」

「はい」

「つまり、こういうことになるのですね。辻強盗に襲われて亡くなった竹之丞さんを、吾平親分が気を利かして、『辰巳屋』さんの別宅に運んだと？」

「そうです」

「なぜ、吾平親分は竹之丞さんのことを慮《おもんぱか》ったのでしょうか。吾平親分は竹之丞さんと親しかったのでしょうか」

「さあ、わかりません」

「ところで、現場近くで円助が目撃されていたそうですが、誰が見たのか知っていますか」

「京太さんです」

「京太さん？」

藤十郎は小首を傾《かし》げた。

「妙ですね」

「…………」

「京太さんが竹之丞さんのことを知ったのは、知久翁さんに知らせるためにおいとさんが出かけようとしたときでしたね。それなら、京太さんが円助を見たのは事件からだいぶ経《た》ってからということになりますね。そんなあとまで下手人が現場付近にいたのでしょうか」

「………」

「ひょっとして、京太さんはもう少し前に現場に来ていたのでは？」

「さあ、私にはどういうことかわかりません」

「もしかしたら、京太さんと竹之丞さんはいっしょにいたのかもしれませんね」

「さあ、それは……」

「おいとさんにお会い出来ますか」

「いえ、おいとはいま出かけております。帰りは何時《いつ》になるか……」

おいとを隠そうとしていることは明白だ。

そのとき、廊下に足音がして部屋の前で止まった。

「内儀さん。ちょっとよろしいでしょうか」

「なんだい？」

ほっとしたような顔で、おこうは応じた。

「『加瀬屋《かせや》』さんの注文のことで」

「わかりました。すぐ、行きます」

おこうは藤十郎に顔を戻し、

「申し訳ありません」

「いえ、お忙しいところをかえってすみませんでした」

藤十郎は詫《わ》びた。

「いえ」

おこうはつんとすまして店のほうに向かった。藤十郎は番頭の案内で辞去しながら、何かを隠しているという印象を強くした。

二

その日も大番屋で、近田征四郎は円助を取り調べた。

「いいかげん、ほんとうのことを話してすっきりしたらどうだ」

征四郎が問いつめる。

「殺《や》ってねえものは殺ってねえ。どうして、信じてくれねえんですか」

「じゃあ。あの夜、どこに行っていたんだ？」

「それは……」

円助は言いよどむ。

「言えぬのか」

「………」

「やい、円助」

吾平が口を出した。

「てめえ、肝心なことを隠して、それでいて自分は殺ってねえ、信じろだと。そんな虫のいい話があるか」

「ほんとうでございます。信じてください」

円助は髪がそそけ、顔はくすんで、だんだん極悪人の形相になってきた。これでは、吟味与力《ぎんみよりき》の印象もよかろうはずはない。

円助はその場に倒れた。ここに連れ込まれて三日になる。その間に、厳しい取調べが続き、疲労困憊《ひろうこんぱい》のはずだ。

円助を仮牢に運び込んだあとで、

「旦那。入牢証文《じゅろうしょうもん》をとったらどうですかえ」

と、征四郎を急《せ》かした。

「うむ。何か、まだ足りねえ。何か欲しいんだ」

証拠が足りないというのだ。

「証拠ですか」

「そうだ。特に、凶器の匕首だ」

「へえ」

財布と煙草入れが見つかった聖天社の本殿の床下を隈《くま》なく探したが、匕首は見つからなかった。

「ちくしょう」

吾平は舌打ちした。

戸が開いて、商家の手代ふうの男が顔を出した。

「『辰巳屋』の者でございます。内儀さんが吾平親分に手が空き次第来ていただきたいとのことです」

「わかった。あとで、行くと伝えてくんな」

吾平は手代に答えた。

『辰巳屋』の内儀がなんだろう。吾平は胸騒ぎを覚えた。


夕方、吾平は『辰巳屋』に行った。

「内儀さん。何かあったかえ」

急の呼出しを不審に思ってきいた。

「昼間、太夫のことでいろいろききに来た男がいるんですよ。辻強盗を疑っているみたいで、どうして吾平親分が太夫の遺体を別宅に運ぶような真似をしたのか、しきりに気にしていました」

「ふん、ふざけた野郎だ」

「それから、京太さんが円助を見たというのもおかしいと」

「おかしいだと？」

「京太さんが太夫の死を知ったのは、知久翁さんに知らせに行こうとしたおいとと、ばったり出会ったからだと話したら、京太さんが円助を見た時間がおかしいと……」

吾平はだんだん不快になってきた。

「いってえ、何ていう野郎だ。そんな愚にもつかないことを言ってやがるのは」

「万屋藤十郎と言ってました」

「なに、藤十郎？」

「ええ。なんでも、円助と親しくしているものだと」

「藤十郎め」

こんなことにまで出しゃばってきやがってと、腹が立った。

藤十郎は単なる質屋の主人ではないと、吾平は思っている。

あの質屋には、もうひとつの入口がある。大身旗本の用人《ようにん》らしき侍が出入りをしている。

おそらく、旗本にも金を貸しているのではないか。あんなちっぽけな質屋にどうしてそんな財力があるのか。その秘密を探れば金になる。そう睨んでいる。

しかし、これまでに何度も煮え湯を吞《の》まされてきた。

「待てよ。円助の知り合いだと言ったのか」

「ええ、円助は人殺しをするような男ではないと」

「うむ」

「親分さん。あの男、かなり頭が切れそうですよ」

「いや、かえって面白くなった」

吾平はにんまりした。

円助を利用して藤十郎をやっつけるいい機会だと思った。円助が言い逃れできぬ証拠を探し出し、藤十郎が反論出来ないようにしてやる。

その夜、回向院《えこういん》裏の音曲の師匠おつたの家の居間で、吾平は酒を吞みながら円助を追い詰める手段を思案した。

下手人は円助に間違いない。決定的な証拠が欲しい。誰もがぐうの音も出ないほどの証拠が……。

「親分。何を思い詰めているのさ」

おつたが体を寄せて来た。

「うむ。ちょっと事件のことでな」

「竹之丞が殺されたやつね」

「そうだ」

「何が気になっているの？」

おつたが吾平の腕にしがみつきながらきく。

「だって、下手人は捕まったんでしょう」

「決定的な証拠がねえんだ」

吾平は面倒くさそうに答える。

おつたは材木商の旦那《だんな》の妾《めかけ》だったが、旦那が亡くなったあと、吾平が自分の女にしたのだ。旦那の倅《せがれ》からたんまり手切れ金をふんだくってやったことが縁だが、その金で、おつたは回向院裏に家を構え音曲を教えるようになった。

目鼻立ちのはっきりした派手な顔だちだ。もとは芸者だっただけに、男に媚《こび》を売ることには長《た》けている。そのせいか、たちまち男の弟子が増えた。

もちろん、弟子たちには吾平の存在は隠してある。

「ねえ、証拠がなければ作っちゃえばいいでしょう」

「馬鹿野郎。そんなこと出来るわけねえだろう」

「だって、その男が下手人で間違いないんでしょう」

「ああ」

「だったら、作っちゃったって問題ないじゃないか。それで、悪い奴《やつ》が獄門になるなら、世のため人のため」

「ふん」

苦笑して聞き流したが、吾平はふと考えた。

確かに、おつたの言うことにも一理ある。下手人に間違いない男が、決定的な証拠がないのをいいことにのらりくらりと言い逃れをしている。たとえ偽物でも確かな証拠があれば、言い逃れは出来なくなる。

「親分。まだ、考え込んでいるのかえ。つまんない」

おつたは吾平の胸に甘えるように手を這《は》わせる。

「そうじゃねえ。おめえの言ったことをじっくり考えているのさ」

「私の言ったこと？」

不思議そうに見る。

「なんだ、もう忘れたのか」

そのとき、格子戸が開く音がした。

「あら、兄さんね。こんなときに来て」

おつたが眉根を寄せた。

「親分。ご無沙汰《ぶさた》しています」

おつたの兄の辰三《たつぞう》が敷居の前で挨拶をした。

「どうした、しけた面《つら》をしているな」

吾平は冷笑を浮かべた。

「へえ。どうもつきに見放されちまってます。おつた、なんか食わせてくれねえか。腹ぺこだ」

「いやね。たまには景気のいい話を持ってきなさいよ」

「そう言うな」

吾平は辰三の顔を見てふと思いついたことがあった。

「辰三。まあ、いっぱいいこう」

「へい」

辰三はうれしそうに畏まった。

本所・深川界隈《かいわい》で、ゆすりたかりをしているけちな男だ。妹のおかげで蝮の吾平という後ろ盾が出来て、仲間内でも大きな面が出来るようになった。

だが、所詮《しょせん》はちんぴらだ。

酒を呷《あお》ってから、

「親分。何か、あっしに出来ることはありませんかえ」

と、辰三は泣きついてきた。

「なくはねえ」

「ほんとうかえ。親分、なんでもやるぜ。やらしてくれ」

辰三は気負い込んだ。

「よし、わかった」

吾平はにんまりした。

翌日、吾平は近田征四郎とともに大番屋で円助を呼び出した。

「円助。おまえは聖天社にはよく行っていたのか」

吾平がきく。

「聖天社？　違う、あっしじゃねえ。最近は行ってねえ。財布を捨てたのはあっしじゃねえ」

「聖天社じゃなければどこだ？」

「えっ？」

「どこの神社に行っていた？」

「どこにも行きません」

「最近、行ったのはどこだ？」

「あの近くなら橋場の真崎稲荷《まさきいなり》があるな」

「いえ、行ってません」

「どこにも行かなかったか。よく考えろ」

吾平は問い詰めるようにきく。

円助は疲れたような目を向け、

「袖摺稲荷《そですりいなり》に一度行きました」

「袖摺稲荷？　吉原の近くか」

「へい」

日本堤《にほんづつみ》に沿った田町《たまち》一丁目と二丁目の境にある稲荷だ。

「よし。そこに隠したのだな」

「えっ、何をでございますか」

円助は不思議そうな顔をした。

「まあ、いい。よし、向こうに行っていろ」

吾平は円助に仮牢に戻るよう命じた。

「親分さん。お待ちください。いったい、どういうことでございますか」

引き立てられながら、円助が顔を向けて騒いだ。

吾平は北叟笑《ほくそえ》み、

「旦那。これから袖摺稲荷の社殿の下を探してみます」

「うむ」

征四郎は厳しい顔で頷いた。

迷いがあるようだ。しかし、円助の罪を追及するためには仕方ないのだ。吾平は自分に言い聞かせた。

大番屋を出て、海賊橋に近づくと、辰三が後ろから追い越して行った。

「袖摺稲荷だ」

吾平は辰三の背中に声をかけた。

辰三は軽く手をあげて、足早に海賊橋を渡って行った。

それから半刻《はんとき》（一時間）後、辰三と喜蔵は馬道《うまみち》から田町一丁目を通り、袖摺稲荷にやってきた。

「じゃあ、探してみます」

喜蔵は社殿の床下にもぐった。雑草が生え、想像以上に探しづらかったが、ようやく古い匕首を見つけた。

「ありましたぜ」

喜蔵がにやりとした。

鞘に墨で、松之助と書いてあった。

その持ち主の松之助は簡単に見つかった。浅草奥山を根城にしている地回りにきいてまわり、楊弓場《ようきゅうば》で遊んでいる本人を見つけ出した。

松之助の放った矢が金的に命中し、太鼓が鳴っている。

「松之助か」

吾平は声をかけた。

「へい。あっ、これは親分さん」

松之助はおもねるように頭を下げた。

「ちょっときききてえことがある。これはおめえさんのものかえ」

吾平は匕首を差し出す。

松之助は手にとり、

「へえ、あっしのです」

と、弾んだ声で答えた。

「これはどうしたんだ？」

「へえ。じつはひとに貸したんです。そしたら、いっこうに返しにこやしねえ」

「誰に貸したんだ？」

「猿回しの円助って男です。浅草奥山で猿回しの芸を見ていたんです。そしたら、終わったあと、円助が近づいてきて、匕首を貸してくれないかって言われたんです」

「そうか。円助だな」

「へい」

「詮議の場で、いまのことを話してもらうことになるが、いいかえ」

「へえ、お役に立てるなら」

「よし」

これで、円助の入牢証文をとれる。藤十郎を見返してやれると思うと、吾平は無意識のうちに笑いが込み上げてきた。

三

その日、藤十郎は葺屋町《ふきやちょう》にやって来た。かなりの客が『市村座』に向かって行く。

今月の『市村座』は四代目大瀬竹之丞の追善興行となった。演し物《だしもの》は歌舞伎十八番の一つ『助六所縁江戸桜《すけろくゆかりのえどざくら》』。絵看板には團十郎の助六と竹之丞の揚巻《あげまき》の絵が描かれている。大瀬竹之丞に代わって、雪二郎が揚巻を演じることになっていた。

きょうで三日目だが、竹之丞の事件のせいか、かなり評判を呼んでいるようだ。

藤十郎は『市村座』の楽屋に入り、京太を探した。竹之丞が生きていたら、京太が楽屋で竹之丞のために化粧台の前で着付けに化粧にと立ち働かねばならない。だが、今日はやることはないはずだ。座元の三五郎《さんごろう》に問うと、京太は雪二郎の手伝いをしていると言った。

この芝居では、雪二郎は竹之丞の揚巻の型を踏襲するという。竹之丞の揚巻は惚《ほ》れた男のために命をかける意地と張りを体を大きく使って表現する。

どうやら、雪二郎が大瀬竹之丞を継ぐための布石らしい。そんな空気が楽屋内にも漂っていた。

「知久翁さんはまだ小屋におられましょうか」

「いえ、さっきまでおられましたが、もうお帰りです」

三五郎は畏まって答えた。気品と威厳を感じさせる藤十郎に、無意識のうちにも姿勢を正したようだ。

「そうですか」

藤十郎は元浜町の知久翁の家に行くことにした。

しかし、五代目大瀬竹之丞を継ぐに当たり、家宝の懐剣が必要となろう。質入れをしたおさちはどうするつもりなのか。

そのことを道々考えながら、藤十郎は元浜町の知久翁の住まいにやって来た。

格子戸を開け、奥に向かって声をかける。女中らしき娘が出て来た。

「万屋藤十郎と申します。知久翁さんにお会いしたいのですが」

「少々お待ちください」

女中は奥に引っ込んだ。

やがて品のいい年寄りが出て来た。歳《とし》はとっても、仕種《しぐさ》に色気がある。三代目大瀬竹之丞の面影は十分にある。

「知久翁ですが」

上《あが》り框《かまち》まで出てきて、知久翁が一声かけた。

「太夫の事件のことで少々お訊ねしたいのですが」

「どうして、あなたさまが？」

知久翁は身を固くした。

「私は下手人として捕まった円助の知り合いでございます」

「円助の……」

厳しい顔つきになった。

「円助は人殺しの出来るような男ではありません」

『辰巳屋』の内儀おこうに話したと同じことを言わねばならなかった。

「円助という男が下手人に間違いないと聞いております」

「真実を知りたいのです。『辰巳屋』の別宅で何があったのか」

「事件の何を？」

少し迷惑そうな感じで、知久翁が言う。

「まず、辻強盗ではありませんね」

「さあ、詳しいことは私にはわかりません。私は京太という男の知らせを受けて、今戸の『辰巳屋』さんの別宅に駆けつけたのです。そのとき、すでに竹之丞はふとんに寝かされていました」

「そのとき、京太さんは何と言ったのですか」

「さあ、なんだったか……。太夫が殺されたと興奮していたことは覚えていますが」

「それ以外のことは覚えていませんか」

「はい。こっちも気が動転し、とるものもとりあえず今戸に駆けつけた次第です」

知久翁は目を伏せて言う。

「どうして、竹之丞さんの亡骸は『辰巳屋』の別宅に運ばれたのでしょうか」

「吾平親分が世間体を慮ってくれたようです」

「吾平親分は、竹之丞さんとは懇意にしていたのですか」

「いや、そうではありませんが……」

「あなたが別宅に駆けつけたとき、『辰巳屋』の内儀さんはいたのですね」

「おりました」

「あの夜、竹之丞さんは今戸のどこに行こうとしていたのでしょうか」

「さあ」

「『辰巳屋』の内儀さんと待ち合わせていたのではありませんか」

「そんなことはない」

「そうでしょうか。『辰巳屋』の内儀さんは竹之丞さんの贔屓だったと伺いましたが」

「後援者です。でも、偶然です」

「知久翁さん。竹之丞さんが死んだのは『辰巳屋』の別宅なのではありませんか」

「…………」

「どうなんですか」

「私にはわかりません」

「辻強盗は状況から不自然です。『辰巳屋』の別宅で、竹之丞さんと内儀さんがいっしょのところを賊に襲われたと考えるほうが説明がつきます」

藤十郎は静かに続ける。

「『辰巳屋』の内儀さんと竹之丞さんの関係を隠すために、吾平親分に頼み込んで、辻強盗という形にしたのではありませんか」

「さっきも言ったように、私が駆けつけたときには竹之丞はふとんに横たえられ、線香も上がっていた。どんな話し合いがあったのか、私は知らない」

知久翁は首を横に振った。

「そうですか。では、最後にもうひとつお聞かせください。大瀬竹之丞の名跡《みようせき》は雪二郎さんが継ぐことになるのですか」

「いや、まだ決まっていない」

「でも、今月の『市村座』の揚巻は雪二郎さんですね」

「後継者は、江戸三座の座元や帳元、さらには贔屓筋が納得する役者を選ばねばなりません。これからです」

「そうですか。あっ、それからもう一つ。大瀬竹之丞を継ぐ者は家宝の懐剣も引き継がれるとお聞きしましたが？」

「そのとおりです」

「竹之丞さんが亡くなり、家宝の懐剣はいま、どなたが保管していらっしゃるのですか」

「私が預かっている」

知久翁が怒ったように言う。

「不躾《ぶしつけ》なことをお訊ねしました」

藤十郎が下げた頭を上げたとき、知久翁はすでに立ち上がっていた。最後まで、藤十郎は土間に立たされたままだった。

その夜、芝居がはねたあと、藤十郎は『市村座』の楽屋口から京太が出て来るのを待っていた。

すでに、團十郎や雪二郎は贔屓に茶屋に呼ばれ、楽屋のあわただしさも去って静かな様子だった。

京太が出て来たのはさらにそれから四半刻《しはんとき》（三十分）後のことだった。小屋の男衆《おとこしゅ》といっしょに出て来た。

「京太さんでしょうか」

藤十郎は前に出て声をかけた。

「へい、そうですが」

「私は万屋藤十郎と言います。竹之丞さんの件で、あなたにお訊ねしたいことがあるのです。ちょっとおつきあいいただけませんか」

「………」

京太は困惑した顔をした。

「これから座元のところに行かなくちゃならないんですが」

「そんなにお時間はとらせません」

「わかりました」

京太は男衆に何か言ってから、藤十郎のところに戻って来た。

「なるたけ手短に願います」

男衆は歩いて行った。どこかの呑み屋ででも、座元が待っているのか。

「どこか人気のないところに」

藤十郎は東堀留川《ひがしほりどめがわ》のほとりに立ち、京太にきいた。

「あなたは、二月二十六日の夜五つ（午後八時）ごろ、今戸に行ったそうですが、どこに行くつもりだったのですか」

「ちょっとそれは……」

「答えられないのですか。まあ、いいでしょう。そこで走って来たおいとという女中と出会い、竹之丞さんが殺されたと聞いて、あなたが知久翁さんに知らせに行ったということでしたね」

「そうです」

「猿回しの円助を見たと訴えたのはあなたですね」

「へえ」

「いつ、円助を見かけたのですか」

「いつって、ですから、あの現場に差しかかったときですよ」

「おいとと会う前ですか、会ったあとですか」

「………」

「あなたは現場付近でおいとと会ったのでしたね。そのときは、すでに竹之丞さんが吾平親分の手によって『辰巳屋』の別宅に運び込まれていたのです。もし円助が竹之丞さんを殺したとしたらもっと前です。すると、あなたが円助を見たという証言が怪しくなる」

「そんな細かいこと覚えていません」

「細かいこと？　妙ですね。もし、あなたが円助を見たのがほんとうだとしたら、おいとと出会うより前に、あなたはあの付近を歩いていたことになります」

「それは……」

「いいですか。こういう解釈とて成り立ちますよ。つまり、あなたは竹之丞さんのあとをつけて今戸まで行き、あなたが竹之丞さんを襲ったという考えです」

「ばかな」

　京太はあわてた。

「下手人は円助だ」

「事件の当事者かもしれない人間の訴えをどこまで信じられるでしょうか。あなたは、自分のやったことを円助の仕業にしようとしている。そう疑われても仕方ありませんよ」

「そんな。あなたは無実の人間を下手人に仕立てようとするのですか」

　京太は居直った。

「あなたこそどうなんですか。あなたはほんとうに円助を見たのですか。それがほんとうであれば、あなたも円助と同じように現場にいたことになりますよ」

「…………」

「京太さん。私はあなたが嘘《うそ》をついていると思っています。いや、積極的な嘘ではないにしろ、隠し事をしている」

「私は……」

　京太は返答に詰まった。

「竹之丞さんが殺されたのは外ではない。『辰巳屋』の別宅の中です。そこに内儀さんもいた。ふたりがいっしょのところに賊が押し入った」

　京太は俯いている。

「あなたは何らかの理由で、『辰巳屋』の別宅に竹之丞さんを訪ねた。そうではありませんか」

　京太は口を閉ざしている。

「いいですか。あなたは円助がほんとうに下手人だと思っているのですか。もし、円助の疑いが晴れたら、次に疑《うたぐ》られるのはあなたですよ」

「えっ」

「あなたは『辰巳屋』の別宅に竹之丞さんがいることを知っていた。そして、事件のあった時間、現場付近にいた。さらに、その後、円助さんを目撃したと言い出した。あなたと竹之丞さんはうまく行っていたんですか」

「何を言うんだ？」

京太はあわてた。

「『辰巳屋』の内儀、知久翁さん、吾平親分、そして京太さん。この四人が現場にいたのは間違いないようですね。そして、三人はあなたの言葉から円助を下手人に仕立てることにした」

「違う。出鱈目《でたらめ》だ」

「京太さん。ほんとうのことを話してもらえませんか」

「みな、ほんとうのことだ」

京太は叫ぶように言う。

「では、ひとつだけ正直に答えてください。竹之丞さんが殺されたのは『辰巳屋』の別宅ですね」

「…………」

「否定しないというのは、そのとおりだということですね」

「もう行かなくてはならないんです。すみません」

京太は踵《きびす》を返した。

「私は田原町で『万屋』という質屋をやっています。気が変わったら、いつでもいらっしゃってください」

藤十郎は背中に声をかけたが、京太は一目散に駆け出した。

もはや、竹之丞が『辰巳屋』の別宅で殺されたことは間違いない。竹之丞と内儀のおこうはときたま密会をしていたものと思える。だが、そこに賊が侵入した。押込みだろうか。いや、押込みに見せかけて、竹之丞の命を奪うことが目的だったのではないか。

藤十郎はそんなことを考えながら、浜町堀を過ぎ、浅草《あさくさ》御門《ごもん》に差しかかった。さっきから、ずっとつけてくる者に気づいていた。殺気を感じる。

藤十郎はわざと人気のない柳原の土手のほうに尾行者を誘った。案の定、迫ってくる。ひとり、ふたり……。三人だ。

土手の手前で、藤十郎は立ち止まった。

振り返ると、月影の中に頬かぶりをした三人の男の姿が浮かんでいた。遊び人ふうの男だ。

「私に用か」

藤十郎は静かに問いかける。

三人はそれぞれ懐手に無言で近づいてくる。

「何か言ったらどうだ？」

三人が立ち止まった。真ん中の長身の男が懐から手を出した。右手に匕首が握られていた。指先でくるくると匕首を回した。匕首の扱いに馴《な》れていることを誇示しているのだ。

頬かぶりの顔を月の光が射した。獰猛《どうもう》そうな目が光る。他のふたりも匕首を構えていた。

藤十郎は自然体で立つ。

長身の男がいきなり匕首を構えて突進してきた。藤十郎は間際まで動こうとしない。逃げない藤十郎に、相手は虚を衝《つ》かれたのか、一瞬動きが鈍った。その間隙を突き、藤十郎は相手に飛び込んで、匕首を持つ手首を摑《つか》み、腰を落として投げ飛ばした。さらに、肩に手刀を入れた。ぐえっという悲鳴。

背後から新たな匕首が襲ってきた。藤十郎は相手の胸元に飛び込み、胸ぐらをとって、足払いで転倒させ、鳩尾《みぞおち》に一撃を加えた。

残るひとりは匕首を構えたまま立ちすくんでいる。

「誰に頼まれた？」

男は無言だ。匕首をときたまひょいと突き出しながら、倒れている男の傍《そば》に移動した。ようやく、ふたりの男は起き上がった。

「誰だ、命じたのは？」

藤十郎はもう一度きく。

だが、三人は少しずつ後退《あとずさ》った。つかまえて問いつめても口を割るまい。いずれにしろ、知久翁か、『辰巳屋』のおこうあたりであろう。

三人の背後から人影が現れた。侍のようだ。藤十郎は身構えた。だが、近付いて来たのは如月源太郎《きさらぎげんたろう》だった。

「如月さん」

藤十郎は声をかけた。

いきなり三人は逃げ出した。

「捕まえたほうがよかったかな」

源太郎は舌打ちした。

「いえ。捕まえても無駄でしょう。簡単に口を割るような連中ではありません」

「何者なんだ？」

「私を邪魔だと思っている人間です」

藤十郎の探索をやめさせたい人間がいるということだ。円助に恨みがあるというより、誰でもいいから下手人に仕立てたいのだろう。

「如月さんはどこぞで呑んで来たのですか」

「うむ。いつぞや、助けてやったことのある職人が酒を馳走《ちそう》してくれてな」

源太郎は用心棒代わりに『万屋』の離れに住んでもらっている。だが、ほとんど源太郎の出番はなく、いつも酒を呑んでぐうたらしている。

藤十郎は源太郎といっしょに浅草御門を抜け、蔵前通りに入った。もう尾行者はいないようだ。

「藤十郎どの。何かわしに出来ることはないか。いつも無駄飯を食らっていては肩身が狭い」

「いずれ、お力をお借りすることもありましょう。それまで、好きにお過ごしください」

「そうか」

ようやく田原町の『万屋』に戻ってきた。

裏口に向かいかけたとき、ふと暗がりから影が現れた。

「おつゆではないか。待っていたのか」

藤十郎は驚いてきいた。

「何かあったのか」

源太郎がいるので、おつゆは言いためらった。

「はい」

「わしは退散する」

源太郎は離れに向かった。

やっと、おつゆが口を開いた。

「円助さんが牢屋敷に送られました」

「そうか。とうとう」

時間の問題であった。だが、それなりの証拠が揃《そろ》ったのか。

「凶器の匕首が見つかったそうです」

「なに、匕首？」

「奥山に巣くっているならず者の松之助の持ち物で、松之助が円助に貸したものだということです」

「何が何でも円助を下手人に仕立てようとしているようだ。松之助について調べてくれ。吾平との関係だ」

「わかりました」

牢屋敷では、牢屋敷内の清掃や奉行所へ出頭するときの囚人の縄とりなど、車善七配下の者が受け持っている。この車善七を支配下においているのが弾左衛門だ。

すでに、弾左衛門から車善七を介して牢屋敷で働いている善七配下の者に、円助のことを注意してみるように話が通じている。

このことがきっかけで、奉行所と弾左衛門との間で対立が生じてはならない。鴻池が江戸に出てこようとしている時期だ。

鴻池……。まさか、と藤十郎は胸が締めつけられるようになった。時期が重なったのは偶然か。あるいは、奉行所と弾左衛門との対立を煽《あお》ろうとしているのか。

「藤十郎さま、何か」

顔色を読んで、おつゆがきいた。

「うむ。気になることがある。『辰巳屋』の内実をもうすこし調べてもらえぬか」

「『辰巳屋』の内実？」

「台所事情だ。あれだけの大店《おおだな》だ。表には見えない何かがあるのかもしれぬ」

「まさか、鴻池が接触していると？」

「わからぬ。だが、用心したほうがよい」

『辰巳屋』が鴻池から金を借りていたら……。よそう、その先を考えるのは、それが事実だった場合だ。

「さっそく、『辰巳屋』の台所事情を調べてみます」

「吉蔵の手を借りるがよい」

料理屋『川藤』の亭主の吉蔵は、何かあれば藤十郎の手先となって動く。

「わかりました」

いよいよ、明日、鴻池の一行が江戸に到着するのだ。鴻池の意図が奈辺《なへん》にあるのか。敵を迎えるように、藤十郎は気持ちを引き締める。

四

翌日も朝から『市村座』は盛況だった。

昼過ぎ。幕間に、雪二郎が楽屋に戻ってきた。

「太夫。お疲れさまです」

京太は声をかける。

衣装を脱ぐのを手伝う。

「竹之丞の揚巻はどうも乗らねえ。あんなに体を使うなんて見栄えがよくねえ。芸に品がねえ。早く、俺の揚巻をやりてえよ」

いきなりの乱暴な言葉に耳を疑った。花魁《おいらん》の衣装を脱いだとたん、急に厭味《いやみ》な顔に変わった。

雪二郎は二十六歳と、死んだ竹之丞より十歳以上若く、舞台映えした。客席の受けもよく、自分のほうが竹之丞より実力も人気もあると思っているのかもしれない。

「今月は四代目の追善興行ですんで」

なぐさめるように言う。

「わかっているが、なにしろ、わざと下品に演じなきゃならねえんだからな。そこがつらいところだ」

「下品に演じるってどういうことですかえ」

京太はかちんときた。なんだその言いぐさは――京太は腹が立った。

「言ったとおりよ。とにかく竹之丞の芸には理屈が多い。人間の業《ごう》を表現するんじゃいけない。様式美を追求するのが正道さ。揚巻は最高級の遊女で、和歌や書道、琴などの教養があって、大名や旗本とも対等に渡り合える人間だから、いくら意休《いきゅう》をののしっても、そこの教養を垣間見《かいまみ》せると称してよけいな仕種を……」

聞いていなかった。相手になるのも腹立たしい。

「おい、どうしたんだ？」

「へっ？」

「へっじゃねえ。煙草盆だよ」

雪二郎は長煙管《ながギセル》を持っていらだっていた。竹之丞への批判はいつの間にか終わっていたようだ。

竹之丞が生きている間は陰でこそこそ悪口を言うだけだった。いまは堂々と人前で批判している。

大瀬竹之丞を継ぐのは自分だとすっかり天狗《てんぐ》になっているのだ。天下の團十郎を相手に揚巻を演じられるのはてめえの力じゃねえ、竹之丞の追善だからだ。京太は喉まで出かかった。

「おめえ、もっと気が回らなくちゃ、だめだぜ」

「へえ、私は戯作のほうを目指しますんで」

役者のご機嫌をとるような仕事はしねえと暗に言う。

「ふん」

鼻白んだように、雪二郎は口元を歪《ゆが》めた。

「京太。肩だ」

「えっ?」

「肩を揉めっていうんだよ。鈍い野郎だな」

京太は拳を握りしめた。

ちっ。これが本性か。よお、俺のほうが年上だ。そんなにてめえはえれえのか。俺は竹之丞の追善だから、おめえにかかりきりになっているだけで、おめえの弟子じゃねえんだ。

それにさっきから聞いていれば何だ。竹之丞のことを悪く言いやがって。腹違いとはいえ、竹之丞はおめえの兄ではないかと、京太はよほど怒鳴りたかったのを、なんとか堪《こら》えた。

竹之丞も我儘《わがまま》だったが、雪二郎のほうがそれ以上だ。こんな男とは知らなかった。

「おい、何をしているんだ。肩を揉めっていうんだよ」

「ただいま」

京太があわてて手拭いを雪二郎の肩にかけた。

そこに、座元の三五郎がやってきた。

「太夫、いいかえ」

「あっ、これは座元さん」

急に声の調子を変えやがった。京太は呆《あき》れた。

「もういいよ。ごくろうさん」

雪二郎の頭を引っぱたいてやろうかと思ったが、ばかを見るのはこっちだ。

京太は『市村座』を飛び出した。

あの野郎、すっかり大瀬竹之丞の名跡を継ぐ気になっていやがる。冗談じゃねえ。あんな奴に継いでもらいたくねえ。

気がつくと、元浜町に向かっていた。無意識のうちに、知久翁の家を目指して、ここまで来たのだ。知久翁に怒りをぶちまけなければ腹の虫は治まらない。

知久翁の家に行くと、ちょうど俳句の仲間が引き上げるところだった。

入れ違いに、京太は知久翁の居間に通された。

「どうした、なんだか機嫌が悪そうだな」

「へえ。大旦那」

京太は身を乗り出した。

「五代目は雪二郎さんに決まりなんですかえ」

「うむ。そうなるだろう。芝居町の者もそのつもりだ」

「私は反対ですよ」

「反対？」

意外そうな顔をした。

「いったい、どうしたと言うのだ？」

「あのひとはなんて言ったと思いますかえ。竹之丞のように揚巻をやるのを、わざと下品に演じなきゃならねえからたいへんだと言いやがった。大旦那に叱られるのを覚悟でいいやすが、亡くなったばかりの太夫を、それも実の兄貴じゃありませんか。そんな弟が五代目を継いだら太夫は浮かばれませんぜ」

「役者はそれぐらいの心意気を持ってなければだめだ」

知久翁は不愉快そうに顔をしかめた。

「大旦那は、最初から雪二郎さんを推すつもりだったんですかえ」

「そうだ。それがどうした？」

「私は、まっとうな役者にあとを継いでもらいたいんですよ。太夫を殺した下手人が挙がらないうちは後継者になる者がいないって言うから、円助って男を見たって話をしたんです。私はただ円助を見たっていうだけで、下手人だとは言ってません」

「何が言いたいのだ？」

「円助がほんとうに下手人かどうかわからないってことですよ」

「円助に間違いない」

「しかとした証拠があるわけじゃありません」

京太は反撥する。

「きのう、円助は牢屋敷に送られたそうだ」

「えっ？」

「吾平親分が知らせてくれた。袖摺稲荷の社殿の下から凶器の匕首が見つかったそうだ。もう、言い逃れは出来ねえ」

「まさか。でも、その匕首が円助のものだという証《あかし》はあるんですかえ」

「遊び人の男が事件の前の日に円助に貸し与えたものらしい」

「嘘だ」

京太は憤然とした。

「嘘じゃねえ。いいか、円助が竹之丞を殺したのだ。死んだ者は仕方ねえ。生きている者が大事だ」

「大旦那は太夫が亡くなって悲しくないんですかえ」

「悲しくないわけがないだろう。俺の子だ」

「でも、雪二郎さんはいまのおかみさんの子です。雪二郎さんのほうが可愛《かわい》かったんじゃありませんかえ」

「そんなこと、あるものか」

最初から違和感を持っていた。竹之丞が死んでも、どこか知久翁は冷静だった。

「京太。おめえは戯作者の道を目指すんだろう。『市村座』の座付きになれるように口をきいてやるつもりだ。よけいなことを考えずに、前だけ見ていけ。過ぎ去ったことを考えても仕方ない。いいな」

『市村座』の座付きという甘い汁が京太の心を途端に惑わせる。そのために、自分の心をねじ曲げなければならない。

京太は打ちのめされたように、知久翁の家を出た。

芝居小屋に帰る気がしなかった。気持ちが落ち着かない。

目の前に蕎麦屋《そばや》があった。京太は暖簾《のれん》をくぐり、小上がりに腰を下ろした。

「酒をくれ。あと、かまぼこに海苔《のり》だ」

小女《こおんな》に注文する。

すぐに酒が運ばれて来た。

手酌で呑みながら、頭の中にあの夜のことが蘇《よみがえ》る。

『辰巳屋』のおこうは髪が乱れ、着物も崩れていた。手には血がついており、おこうが竹之丞を刺したのではないかと思った。そうだ、思いだした。長火鉢の陰に刃先が覗《のぞ》いていたのだ。あの刃先には血がついていた。だから、おこうの犯行を疑ったのだ。

袖摺稲荷で凶器の匕首が見つかったというのはおかしい。いや、そうだとしたら、おこうが捨てたのだ。

だが、遊び人の男は事件の前日、円助に貸したと言っているらしい。妙だ。凶器がふたつあることになる。

「姐《ねえ》さん、酒を頼む」

銚子《ちょうし》が空になっていた。外はまだ明るい。

どういうことだと、酒が届いてから、京太はまた考える。

知久翁を呼びに行き、戻ってくるまでの一刻（二時間）で、おこうは竹之丞の遺体を直し、自分も髪を直し、着替えをすませた。

あとで、おこうを問いつめると、押し入った賊はおこうを手込めにしようとした。抵抗した末に格好が乱れたということだった。

賊が凶器を捨てて逃げたというのか。おいとが帰ってきて、あわてて逃げたというから、凶器を忘れていったということもあり得るが……。

やはり、おこうの乱れた姿は気になる。あれはたしかに争ったあとだ。しかし、ほんとうに賊と争ったのか。

いずれにしろ、おこうが手引きした賊ではないことは確かだ。だったら、おこうが賊と争うはずはなく、あんな姿になるはずはない。

やはり、おこうも知らない賊が侵入したのだ。金目当ての押込みか、竹之丞の命を奪うことが目的だったのか。

竹之丞の命が目的だとしたら、大瀬竹之丞の名跡が狙いということになるが……。わからない。

だが、円助は下手人ではない。確かに、あのとき円助を見かけたが、人殺しをして逃げてきたような雰囲気はなかった。

吾平をはじめ、知久翁、おこうはこぞって円助を下手人に仕立てようとしている。おこうの狙いは竹之丞との関係を隠すことだ。亭主の徳兵衛に知られてはならない。

知久翁は、雪二郎に名跡を継がせるために誰でもいいから下手人が捕まる必要があった。吾平はおこうから賄賂をもらっていることもあるだろうが、岡っ引きの意地として誰でもいいから下手人を早く挙げたいだけだ。

三者それぞれの思惑の被害者が円助だ。いや、三人だけではない。この俺も、座付きの戯作者という餌につられ、円助を下手人に仕立てたひとりなのだ。

京太は苦い酒を呑んだ。

おこうや知久翁が円助を下手人に仕立てて平然としていられるのは、円助が弾左衛門の配下の者だから、あまり良心が痛まないのかもしれない。

特に、芝居町の人間は弾左衛門を嫌っている。歌舞伎役者は以前は河原乞食といわれて、弾左衛門の支配下にあった。

歌舞伎界の地位向上のために、弾左衛門の支配から離れることは役者にとっての悲願だったのだ。

その悲願が叶《かな》った後、弾左衛門配下の者を見下すようになっていったのではないか。だから、円助を下手人に仕立てることに抵抗がなくなっているのかもしれない。

京太は忸怩《じくじ》たる思いにかられ、胸をかきむしった。歌舞伎役者がそんなに偉いのか。江戸市民から贔屓されているからといって、なんでも思う通りになるはずはない。

このままではいけない。歌舞伎役者にとっても、大きな汚点を残すことになりかねない。だが、どうしたらいいのか。

吾平親分に円助は無実だと言ったところで、聞く耳を持つはずはない。吾平は先頭を切って円助を下手人に仕立て上げようとしている。

このまま円助を見殺しにするのか。そもそも、円助の名を出したのは俺なのだと、京太はうめき声を発した。

通りかかった小女が不思議そうな目を向けた。

(藤十郎……)

万屋藤十郎のことが脳裏を過《よぎ》った。

あの男は円助の疑いを晴らそうと動き回っている。あの男に一切をぶちまけよう。そう思ったとたん、知久翁の顔が浮かんだ。

(座付き作者になりたかねえのか)

その声が耳元に聞こえた。

そりゃ、なりてえ。役者の才能はなく、家柄もなく、その道で大成することは無理だ。だが、芝居は好きだ。戯作者こそ俺の活《い》きる道だと思っている。

ようやく、好機到来だ。だが、他人を犠牲にしての運だ。そんなものは本物ではない。きっと、あとで後悔する。

銚子が空になった。京太は立ち上がった。

蕎麦屋を出て田原町に向かった。

夕暮れの明るさが残っていた空も、田原町の『万屋』の前に来たときにはずいぶん薄暗くなっていた。

京太は暖簾をくぐった。

帳場格子《ちょうばごうし》にいた若い男に、

「藤十郎さまはいらっしゃいますか」

と、きいた。

「主人ですか。お名前は？」

「京太です。芝居町の京太とお伝えしてもらえばわかると思います」

「京太さんですね。少々、お待ちください」

若い男は立ち上がった。

すぐに藤十郎が出てきた。

「京太さん。よく来てくださいました。さあ、どうぞ」

藤十郎は京太を小部屋に通した。

差し向かいになるなり、

「じつは円助さんのことで参りました。円助さんは無実です」

と、京太は切り出した。

藤十郎は厳しい表情で頷く。京太は夢中で続けた。

「袖摺稲荷で、匕首が見つかったそうですね。それが太夫を殺した凶器だということですが」

「そうです。地回りの松之助という男が円助に貸したと証言しています」

「貸したことがほんとうかどうかわかりませんが、その匕首は凶器じゃありません」

「凶器ではない？」

藤十郎の目が鈍く光った。

「そうです。じつは、私は『辰巳屋』の別宅で凶器を見ています」

「詳しくお聞かせください」

「はい」

京太は兄弟子の千太郎に頼まれて『辰巳屋』の別宅に竹之丞を訪ねたことから語りだした。

おこうの異様な様子、長火鉢の陰に刃物が見えたことなどを話したときには、藤十郎の表情が微《かす》かに動いた。

「私が知久翁さんを連れて現場に戻ったときには、すっかり様相が変わっておりました。そして、吾平親分も来ていました」

「吾平親分は、太夫と内儀さんの密会が表沙汰にならないように辻強盗に見せかけたにちがいありません」

「なるほど」

京太は続ける。

「ところが、太夫が殺されたことで芝居町ではいろんな憶測が飛び交いました。その中でまことしやかに広まったのは、五代目竹之丞の名跡を手に入れたいために誰かが太夫を殺したのではないかという噂です。知久翁さんから、下手人が挙がらないと、後継者選びが進まない。なんとか下手人をつかまえてもらいたい。誰か怪しい人間を見なかったかときかれました。そのとき……」

京太は言いよどんだが、思い切って続けた。

「知久翁さんからの『市村座』の座付き作者にしてやるという言葉に惑わされ、円助さんを見たことを話したのです。そしたら、そのまま円助さんが下手人にされてしまいました」

京太は畳に手をつき、

「お願いです。円助さんを助けてやってください。円助さんは下手人ではありません。私が見かけたときも、人殺しをしたような雰囲気じゃありませんでした」

「よくお話しくださいました」

藤十郎は軽く頭を下げてから、

「いくつか確かめたいのですが、内儀さんは賊に手込めにされそうになったと話していたのですね」

「そうです。太夫を殺したあと、賊は内儀さんに襲いかかったそうです」

「では、いつ手に血がついたのでしょうか」

「太夫を殺したときの血が下手人の手についていたのではないでしょうか」

「なるほど。では、内儀さんの着物にも血がついていたのでしょうね」

「そうだと思います。あのときは、気づきませんでしたが」

「それから長火鉢の陰に見えた刃先ですが、血がついていたのですね」

「はい。ついていました」

「そのとき、内儀さんは呆然《ぼうぜん》としていたのですね」

「そうです。目が虚《うつ》ろでした」

「あなたが知久翁さんを呼びに行ったあと、我に返ったというわけですね」

「はい。藤十郎さま、円助さんを助けてあげることは出来るでしょうか」

「必ず助けます」

藤十郎はきっぱりと言い切ってから、

「竹之丞さんの評判はいかがだったのですか」

「評判ですか」

「なぜか周囲は竹之丞さんの死を深く悼んでいるように思えないのですが」

「はい。確かに、この一年ばかり、芸に行き詰まりをみせているようなところがありました」

「ほう、一年ばかり？」

「はい。大坂から帰って来てから、芸が荒れたような気がいたします」

「大坂？　竹之丞さんは大坂に行っていたのですか」

「はい。上方《かみがた》歌舞伎の雄である片倉仁右衛門《かたくらにえもん》さんに招かれ、半年ほど向こうにおりました。評判はよかったようです」

「そうですか。でも、大坂から帰って来てから様子が変わったのですか」

「ええ、そんな感じでした」

「大坂にはあなたは同行したのですか」

「いえ、私は行っていません」

自分が行っていれば、大坂で何があったのかわかったものをと、京太はいまさらながらに後悔した。

「よく、お話ししてくださいました」

藤十郎に礼を言われ、京太は遠慮がちに、

「あの……、私が喋《しゃべ》ったということはどうか内証にしていただけませんか」

と、頼んだ。

「もちろんです。心配いりません」

「じゃあ、私はこれで」

「あっ、ちょっとお待ちください」

何かを思いだしたように、藤十郎が呼び止めた。

「大瀬竹之丞には代々伝わる家宝の懐剣がおありでしたね」

「懐剣？」

あっと、京太は声を上げそうになった。そうだ。いまどうなっているのか。

「懐剣はいまどなたが？」

「知久翁さんが懐剣が見当たらないと言ってました」

京太は思いだした。

「でも、その後、見つかったかどうかわかりません」

「どうでしょうか。見つかったかどうか、調べてくれませんか」

「懐剣がどうかしたんですかえ」

「名跡を継ぐ大事なもの。どうなっているのか気になったものですから」

「わかりました。確かめてみます。では」

京太は『万屋』の外に出ると、辺りを見回して引き上げた。

五

翌日、藤十郎は浅草奥山にやって来た。

藤十郎は何度か振り返った。しかし、雑踏の中で、怪しい人間を見つけることは出来なかった。

「尾行者がいる」

「えっ？」

おつゆが振り返る。

「この人ごみで見つけるのは骨だ。行こう」

無視して、藤十郎は先を急いだ。

松之助が行きつけの楊弓場に行くと、のっぺりした顔の男が矢場女《やばおんな》に軽口を言い、笑わせていた。

「松之助です」

おつゆが耳元で囁《ささや》いた。

「よし」

「私はこれで」

「ごくろう」

おつゆが引き上げてから、藤十郎は松之助に近づいた。

「誰でえ」

松之助が顔を向けた。

「松之助さんだね」

藤十郎はおだやかにきく。

「いかにも、そうだが、おまえさんは誰だ？」

「藤十郎と申す」

「藤十郎？　俺に何か用か」

女との語らいを邪魔されて不愉快なのか、松之助は顔を歪めた。

「円助を知っているそうだな」

「円助？」

一瞬、きょとんとした顔をしたが、松之助はあわてて、

「ああ、あの円助か。知っている。それがどうした？」

「どういう付き合いだね」

「奥山で、よく顔を合わせていた」

「その程度の仲か」

「何が言いたいんだ？」

「円助に匕首を貸したそうだな」

藤十郎は睨み付けた。

「貸したぜ。それがどうした？」

「なぜ、匕首を貸したんだ？」

「変な野郎につけられているとか言っていた。護身用だろう」

「押込みをやるとは言っていなかったか」

「さあ、そんな感じはしなかったぜ」

「円助が押込みをやるのを知っていて匕首を貸したのではないのか」

「ばか言え」

松之助が冷笑を浮かべた。

「では、おまえが押込みをやるようにそそのかしたのか」

「やい。さっきから黙って聞いていりゃ調子に乗りやがって。いってえ、何が言いたいんだ？」

「おまえが嘘をついているから問いただしている」

「なに、嘘だと。どこが嘘だって言いやがんでえ」

「匕首を貸すというのがまず怪しい。よほどのことがなければ貸すまい」

藤十郎は静かに言う。

「冗談じゃねえ。貸してくれと頼まれたから貸してやったんだ。その匕首がどう使われようが俺には関係ねえ」

「頼まれればなんでもするのか」

「なんだと」

「誰かから、匕首を円助に貸したことにしてくれと頼まれたのではないか」

「やい。てめえ。俺に喧嘩《けんか》を売る気か」

松之助が片膝を立て、腕をまくった。

「何を怒っているのだ？」

「てめえがあることないこと言うからだ」

「どこがあることで、どこがないことだ？」

「てめえ、許せねえ。外に出ろ」

松之助は大声を張り上げた。

「外に出たら、ほんとうのことを話してくれるのか」

「誰がてめえなんかにほんとうのことを話すか」

草履《ぞうり》を履きながら、松之助が言う。

「おや、やはり、円助に匕首を貸したというのも嘘だったか」

楊弓場の土間を歩きながら、藤十郎は苦笑した。

「この野郎。ひとをおちょくりやがって」

外に出るなり、いきなり松之助が殴り掛かってきた。藤十郎は軽く体《たい》をかわした。ちょんと背中を押しただけだが、松之助が派手にでんぐり返った。

周囲から嘲笑が漏れた。

「この野郎」

起き上がるや、かっとなった松之助は懐から匕首を取り出した。周囲の人間から悲鳴が上がった。

「そんな物騒なものは仕舞うのだ」

藤十郎は顔色を変えずに言う。

「許せねえ」

松之助が匕首を構えて迫った。

「やめておけ」

「うるせえ」

松之助が突き出して来た腕を掴み、藤十郎はねじ上げた。

「痛《いて》え」

匕首がぽとりと落ちた。

「鞘《さや》を見せてもらおうか」

腕をねじ上げながら、藤十郎は言う。

「なんだと。痛てて……」

「さあ、出すのだ」

「痛え。出すから待て」

もう一方の手で、懐から鞘を取り出した。

「この匕首は誰のだ？」

「俺のだ」

「何本も持っているのか」

「………」

「この鞘に名前は書いてない。どうしてだ？」

「どうしてったって」

「円助に貸したという匕首はおまえのものではないのではないか」

「俺のだ」

「ほんとうのことを言え」

「痛え」

「やい、何をしてるんだい？」

大きな声がした。

振り向くと、吾平が凄《すさ》まじい形相で迫って来る。

「やい、何をしているときいてんだ？」

吾平がもう一度きく。

「吾平親分か。よいところに来てくれた。いま、この男が大事なことを白状する。さあ、言うのだ」

藤十郎は腕を摑む手に力を込めた。

「円助に貸したという匕首はほんとうにおまえのか」

「違う。俺んじゃねえ。頼まれたんだ」

「誰に頼まれた？」

「やめねえか」

吾平が声を張り上げた。

「乱暴をするな。手を離してやれ」

藤十郎は吾平の声を無視した。

「言うのだ。吾平親分にも聞かせてやるのだ」

「痛え、言うから手を……」

泣き言に変わった。

「待て。そんなふうに威《おど》して言わせたって、意味はねえ。ほんとうのことかどうかわからねえんだ」

「まあ、親分。聞くだけは聞きましょう。さあ、誰に頼まれた？」

「待ちやがれ」

吾平がまたも叫んだ。

「おい、おめえはよけいなことを言うな」

吾平が松之助に言う。

「おや、親分はこの男に喋られたらまずいことでもあるのですかな」

藤十郎は吾平に鋭い目をくれた。

「そんなものあるはずはねえ。ただ、俺は乱暴を見逃せないだけだ」

「なんだか、私には松之助に味方しているように思えますが、親分はこの男と親しいのですか」

「ばか言え」

「親分。この男の言うことを聞きましょう。さあ、言うのだ」

「言うことはねえ。親分から止められたんだ」

松之助が居直った。

「そうか。では、この腕がもう一生使えないようにしてやろう。覚悟はいいな」

藤十郎は威した。

「待て。よせ」

松之助はあわてた。

「藤十郎。しょっぴくぜ」

「黙れ。吾平」

藤十郎が一喝した。

吾平はぎょっとしたように立ちすくんだ。

「そなたはそれでもおかみの御用を預かる人間なのか」

「なんだと」

吾平はかっと目を見開いた。

「松之助が堅気《かたぎ》の衆をいじめるのはお目溢《めこぼ》しをし、松之助が秘密を喋りそうになればおかみの御用を振りかざして助けようとする。間違っているのではないか」

「言わせておけば」

吾平は唇をわななかせた。

「そなたに手札《てふだ》を与えているのは近田征四郎どのだな。近田どのは、そなたがしていることを知っているのか」

「そなたが、証拠をでっちあげたことを知っているのか。近田どのも、無実の円助を罪に陥れようとしているのか」

「なに？」

「言わせておけば……」

吾平の声が震えた。

「よいか。よく聞くのだ。円助に匕首を貸したというのは嘘だとこの男は話した。そう嘘をつくように命じた人間がいるのだ。その男の名を言わせる。さあ、言うのだ」

「おまえは、辰三に頼まれて嘘の証言をしたのだな」

「辰三という男だ」

「そうだ」

「辰三はどこの人間だ？」

「松之助。出鱈目を言うとためにならねえ」

吾平が喚《わめ》く。

「親分。何をそんなにあわてているのだ」

藤十郎は松之助の腕を離してから、

「親分、辰三という男を知っているか」

と、きく。

吾平は藤十郎を睨み付けたまま口を閉ざしていた。

「親分。よいですか。松之助を十分に調べていただきたい。もし、このまま円助が罪をかぶるようなことになれば、親分だけでなく、近田征四郎どのも傷を負うことになりましょう」

「……………」

「明日まで、待ちましょう。それで、結果がどうなるか、待ちます。吾平親分の正義を信じております」

もはや、円助が無実であることは間違いない。あとは吾平の良心に期待をしようと思った。吾平とて、円助を下手人と思い込んだゆえの証拠捏造《ねつぞう》だと信じるからだ。

「吾平親分、松之助を引き渡します」

そう言い、藤十郎はその場から引き上げた。


午後、藤十郎は入谷田圃《たんぼ》にある『大和屋』の居間で、藤右衛門と藤一郎に会っていた。

「円助の件はどうだ？」

藤右衛門がきく。

「はい。下手人ではないことは直《じき》に明らかになりましょう」

「そうか。それで、安堵《あんど》した。この件では、関八州の弾左衛門の配下の者から強硬な意見が出ているのと聞いていたのでな」

「歌舞伎関係の者たちによって、弾左衛門の配下の者が無実の罪に陥れられたら、長年の不満が一挙に爆発しかねない」

藤一郎も深刻そうに言う。

歌舞伎役者が弾左衛門の支配から外れたことに狂喜する二代目團十郎をはじめとした役者たちの言動によって、弾左衛門配下の者はより貶《おとし》められるようになったのだ。歌舞伎役者の地位向上の裏で弾左衛門配下の者が犠牲になった。そう信じている者がたくさんいる。

「『大和屋』の力で老中を動かし、お奉行に訴えることも可能だ。なぜ、藤十郎はそうしなかったのだ？」

藤右衛門が窺《うかが》うようにきいた。

「いまの世の中の仕組みの中で、無実の罪を晴らすことこそ肝要だと思いました。もし、老中を動かして円助を助けたとしても、権力を使って強引に無罪にしたと思う者もいましょう。禍根を残すようなことがあってはなりません」

「藤十郎、よくぞ申した」

藤右衛門は讃《たた》えてから続けた。

「我が『大和屋』にしても心しておかねばならぬことよ」

「はっ」

「さて、例の件だが」

藤右衛門が切り出した。

「一行はすでに江戸に到着したそうだ。さっそく明日、挨拶に上がると知らせてきた。藤十郎も同席するように」

「はっ」

「明日は単に顔見せだ。改めて、橋場の料理屋で会食をする。その後、もう一度、先方が当屋敷にやって来る。そこで、具体的な話し合いがはじまるであろう」

それまでは腹の探り合いかもしれない。

「この前も申したように、鴻池のほうはそなたを正式に大坂に招く申し入れをしよう。受けねばならぬ。よいな」

「はい」

藤十郎の脳裏をおつゆの顔が掠《かす》めた。おつゆの懸念を口にしてみようかと思ったが、まさか父と兄がそのことを勝手に決めるとは思えなかった。

すべては鴻池の出方を見てからだ。藤十郎は覚悟を決め大きく息を吸い込んでいた。

第三章

鴻池の女

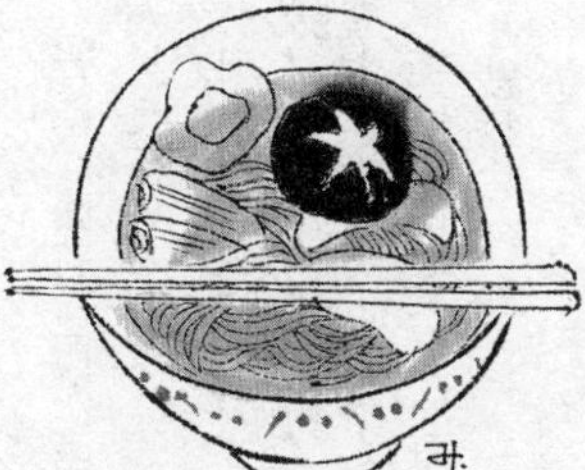

一

広い庭に面した座敷に一同は揃《そろ》っていた。床の間を背に、藤右衛門が座り、その脇に藤一郎。さらに、下がって藤十郎と番頭格の綱次郎が控えている。

大坂からやって来た三人の客との初対面の挨拶が終わったところだった。中心は、鴻池本家の筆頭番頭佐五郎《さごろう》で、主人鴻池善右衛門《ぜんえもん》の実弟だという。四十前だ。柔和な顔だちだが、眼光鋭く、かなりの遣り手《やりて》であろうことを窺《うかが》わせる。あとのふたりは鴻池の番頭格の男だという。ひとりはいかにも商人という愛想笑いを浮かべているが、もうひとりの細面《ほそおもて》の男がふと見せる目の配りは只者《ただもの》ではないと思わせる。

「道中はいかがでしたか」

藤一郎が静かな口調で訊《たず》ねる。

「はい。いろいろ、あちこち見物しながら参りました」

佐五郎の口元に微《かす》かに笑みが漏れた。あちこち見物という物言いが気になった。いったい、一行はいつ大坂を発《た》ったのか。

駿府《すんぷ》、沼津、三島、小田原などの様子を探りながらの旅だったのではないか。鴻池の関東進出は全国制覇の第一歩かもしれない。

「江戸はいかがかな」

藤右衛門がきく。皺《しわ》だらけの顔に鋭い眼光、長く白い顎鬚《あごひげ》の怪異な容貌に、最初は佐五郎たちも威圧されたようだった。

「やはり、賑《にぎ》やかでございますな。活気に満ちあふれております」

「佐五郎どのは江戸には何度かお出《い》でか」

「いいえ、はじめてです。そやから、きょろきょろしてばかりで」

「江戸でのご予定は？」

藤一郎がきいた。

「今回はあくまでも『大和屋』さんにご挨拶を申し上げお近づきになることが目的でございますが、ついでに、お得意先をまわってみるつもりです」

「失礼ですが、お得意先と仰《おつしや》いますと」

藤十郎がはじめて口を開いた。

「私どもと取引のある商家は幾つかあります。この機会に、顔つなぎをしておこうと思いましてね。それにしても、ここは吉原に近いのですな。ぜひ、吉原で遊んでみたいものでございます」

佐五郎が話を逸《そ》らしたように思えた。

「小伝馬町にある醬油問屋《しょうゆどんや》の『辰巳屋』をご存じですか」

藤十郎はなおもきいた。

「『辰巳屋』さんですか。いえ、存じあげません」

「お得意先では？」

「いえ、違います。藤十郎さまは『質屋』をやられているそうですが、江戸の御方《おかた》はどのような品物を質入れなさるのでございますか」

さらなる質問を封じ込めるように、佐五郎は強引に話題を移した。

藤右衛門と藤一郎の表情が微かに動いたのは、藤十郎が質屋をやっていることを知っていたからだろう。すでに、調べが行き届いている。鴻池の力を見せつけるつもりで、そのことを口にしたのかもしれない。

「私どもは基本的にどのような品物でもお預かりしております。もちろん、盗品以外ですが。暖かくなって使わなくなった手焙《てあぶ》りや綿入れなど、冬に出すまでの倉庫代わりとしても使っていただいております」

藤十郎は相手への不審を微塵《みじん》も出さずに答える。

「お客さまにはお侍さまも多いのでしょうか」

相変わらず、佐五郎は穏やかな口調だ。

「先祖伝来の鎧《よろい》兜《かぶと》や槍《やり》などを持ち込まれることもございます」

「確か、大口の貸し出しもなさっているとか」

何でも知っているということを匂わせる。

「いえ、私のほうは大口はありません」

藤十郎もにこやかに答える。

「なるほど。大口はこのお屋敷のほうでございますか。さきほど、このお屋敷に大名家のご家来衆が出入りなさっているのを見ました。『大和屋』さんが江戸を守っている。そんな気がいたします」

「それほど大仰なものではありません」

藤右衛門は答えた。

「いえいえ、ご老中も『大和屋』さんには頭が上がらないそうではありませんか。たいしたご威光でございます」

「いや。鴻池どののほうこそ、諸国の有力大名が顔色を窺っていると言うではありませんか。金融、海運、米とその力たるや感歎《かんたん》するばかりでございます」

「いやいや、私どもにはそこまでの力はございません」

佐五郎は大仰に手を横に振る。

「鴻池どのは分家も多いとお聞きしましたが？」

「それぞれ分業しておりますので。ただし、本家を中心にまとまっております」

「そこが強みでございますな」

「恐れ入ります。しかし、私どもと『大和屋』さんがお近づきになれれば、この世に怖いものはなくなるような気がいたします」

「さあ、怖いものが何かわからぬが」

藤右衛門は苦笑した。

「『大和屋』さんは幕臣、我ら鴻池は商人。この両者が結びつけば……。いや、つい調子に乗りました」

言葉どおりなら、鴻池と『大和屋』とで世の中を支配しようとしていると受け取れるが、鴻池の腹のうちはわからない。

その後も何気ないやりとりがあったが、どこか不気味だった。

「きょうは江戸に到着をしたご挨拶ですので、これにて」

頃合いを見計らって、佐五郎が言う。

「さようか。では、明日、ゆるりと」

橋場の料理屋『都鳥《みやこどり》』で酒宴を催すことになっている。当初はこの屋敷で行うつもりだったが、鴻池に屋敷内の様子を知られるのはまずいということで場所を変えた。鴻池側の出席者は八名ということだった。この三人の他に五名が加わる。

「はい。ありがとう存じます」

佐五郎たちは会釈して立ち上がった。

三人を門まで見送り、藤十郎は座敷に戻った。藤右衛門と藤一郎は複雑な顔をしている。

「藤十郎。どう見た？」

藤一郎が待ちかねたようにきいた。

「かなり、自信がおありのようです。すでに、鴻池は配下の者を江戸に寄越し、我らのことも調べ尽くしているとみて間違いございません」

藤十郎はさらに続けた。

「驚くべきは私のことまでかなり知っていることです。いったい、なぜ、私ごときまでも調べ上げているのか」

藤右衛門と藤一郎が顔を見合わせたので、おやっと思った。ふたりはそのことに心当たりがあるのであろうか。

「何か？」

藤十郎はきいた。

「いや、なんでもない」

藤右衛門は平然と答える。

「ようするに、相手の言葉を鵜呑《うの》みには出来ないということだな」

藤一郎は口元を歪《ゆが》めた。

「鴻池は我らを潰そうとしているのかもしれぬ」

藤右衛門が厳しい表情になった。

「そこまで考えているでしょうか」

藤一郎は疑問を呈した。

「あからさまな攻撃はしかけてこまい。だが、陰でいろいろ動いているのではないか」

「私もそう思います」

藤十郎は応じた。

「我らが気がつかないうちに、鴻池の手がこの江戸に伸びているとみて間違いないでしょう。ひょっとして幕閣《ばっかく》の中にはすでに鴻池の手に落ちた者がいるのではありますまいか」

「そこまで入り込んでいるか」

「はい。我らは迂闊《うかつ》だったのかもしれません。まさか、そのような野望を企てる者があろうとは思いもしませんでしたから」

「由々《ゆゆ》しきことでございます」

藤一郎が藤右衛門の顔を見た。

「ともかく、明日、酒の席だが、向こうの腹のうちを探る必要がある」

「それから、番頭のひとり、細面の男が気になりました」

藤十郎は厳しい顔で言う。

「あの男か」

藤右衛門も頷《うなず》いた。

「はい。一分《いちぶ》の隙もありません。裏鴻池の人間かもしれません」

「裏鴻池か」

「はい。やはり、裏鴻池はかなり以前より江戸に入り込んでいるとみるべきでしょう」

鴻池の看板を出していなくとも、鴻池の息のかかった商家が幾つか存在するのに違いない。

「我らはだいぶ遅れをとっているようだ」

藤一郎は顔をしかめた。

「とにかく、闘わねばならぬ。野心があるなら叩《たた》かねばならぬ」

「はい」

「神君《しんくん》家康公とて、まさか鴻池のような豪商が現れるとは思いもされなかったであろうな」

藤右衛門は溜《た》め息《いき》をついた。

「では、私はこれにて」

「藤十郎」

藤一郎が引き止めた。

「何か」

藤十郎は浮かしかけた腰を下ろした。

藤一郎は藤右衛門に目顔で何かを言い、改めて藤十郎に向かった。

「よく聞くのだ、藤十郎」

「はい」

「そなたには黙っていたが、鴻池からある申し入れがあった。おそらく、そのことで、おまえのことを調べていたのかもしれぬ」

藤十郎は息を呑んだ。これこそ、おつゆを苦しめているものであろう。

「鴻池の本家に、おそのという末娘がいるそうだ。その末娘を藤十郎に娶《めと》ってもらいたいという申し入れだ」

やはり、そうだった。おつゆはこのことを父親から聞かされていたのだ。

「私の妻はおつゆ以外にはおりませぬ。どうぞ、その話はお断りください」

「藤十郎。よく考えろ。鴻池はかなり以前から江戸進出を準備している。万全の態勢を整えて今回正式に乗り込んで来たのは間違いない。戦であれば、準備が整っていない我らは圧倒的に不利な状況だ。敵の動き、敵の狙いなど、それを探る上でも姻戚関係を作ることは我らにとっても益がある」

　藤一郎が決めつけるように言う。

「鴻池とて益があるからこの縁談を進めているはず。私を利用して何かを得ようとしているのです。その思惑にやすやすと乗るべきではないと思います」

　藤十郎は反論する。

「しかし、鴻池は申し入れてきているのだ」

「私にはすでに許嫁《いいなずけ》がいるとお断りください」

「藤十郎。我らは思いも寄らぬ鴻池という巨大な勢力と対峙《たいじ》をしているのだ。いまは相手の申し入れを無下《むげ》に断ることは危険だ。代わりにどんな手を打ってくるかもわからぬ。敵を知るため、また、鴻池が江戸にどの程度食い込んでいるかを探るためにも時間が必要なのだ。そなたが鴻池本家の末娘といっしょになることによって……」

「お言葉ではございますが、逆ではございませぬか。鴻池が私をどのように利用しようとしているのかを知らずして婚姻を結べば、相手の思うままになりかねません。まず、鴻池が江戸にどの程度食い込んでいるかを探り、その上で対策を練るべきではないでしょうか。婚姻の話はその後のことかと」

「まあ、藤十郎がいやがるものを無理強いも出来まい。この話はこれからのなりゆきで考えることにしよう」

藤右衛門がとりなすように言う。

「はっ」

藤一郎はあっさり引き下がった。

なりゆきで考えるという言葉は気がかりだったが、藤十郎は問い返すことが出来なかった。

座敷を出てから、藤十郎はおつゆを探した。しかし、見当たらず、玄関を出た。

おつゆは門の手前で待っていた。

「『辰巳屋』の内情を探りましたが、商売は順調のようで、どこからもお金を借りてはいないようです。もちろん、鴻池からも」

「そうか。『辰巳屋』と鴻池のつながりはないのだな」

「はい」

藤十郎が気になるのは、竹之丞殺しの下手人《げしゆにん》として弾左衛門配下の円助が捕まった事件の背後に、鴻池がいるのではないかということだ。

「ただ」

おつゆは声をひそめた。

「大瀬知久翁《おう》の家に大坂の人間が出入りをしていたようです」

「知久翁の家に？」

「はい。女中にそれとなくきいたところ、半年ぐらいまえから、上方訛《かみがたなま》りの商人ふうの客が何度かやって来たことがあったそうです」

「鴻池か」

「ではないかと思われます」

「鴻池が知久翁に……」

なんのために、鴻池が知久翁に接触を図っているのか。藤十郎は思案した。ただ、竹之丞は去年、半年ほど大坂に行っていたのだ。上方歌舞伎の役者と共演を果たしている。そのことと、関係があるのだろうか。

「藤十郎さま、それからちょっと妙なことが」

「妙？」

「はい。さっき、吾平親分が松之助を探していました」

「どういうことなんだ？」

「ゆうべ、松之助は長屋に帰っていないそうです」

「なに、帰っていない？」

「はい。私も花川戸にある長屋に行ってみましたが、確かにゆうべ、帰って来ていないようです」

「何かあったのか」

藤十郎は胸騒ぎがした。

「わかりません。まさか、吾平親分が逃がしたとも思えません」

「わかった。吾平親分に当たってみよう」

「はい」

おつゆの顔を見て、胸を衝《つ》かれた。

「おつゆ。さきほど、鴻池本家の娘との婚儀の話が出た。が、はっきりお断りした。そなたもそのつもりでいてくれ」

「はい」

おつゆの目が輝くのがわかった。

「そなたの父親が縁談を勧めても断るのだ。よいな」

「わかりました。うれしゅうございます」

「では、また連絡する」

藤十郎はおつゆに見送られて『大和屋』の門を出た。

松之助がたまたまどこかに外泊したのか、それとも本気で姿を晦《くら》ましたのか。あるいは、また吾平が何かを企《たくら》んだのか。

吾平を信じたことが仇《あだ》になったのかもしれないという不安に、藤十郎は何度も吐息を漏らしていた。

二

その日の夜。吾平は回向院裏のおつたの家で辰三を待っていた。

きのう、藤十郎から締めつけられた松之助は吾平の前で、辰三に頼まれたと白状した。

しかしその辰三に命じたのが吾平だとは知らなかったようだ。

ともかく、明日の朝、もう一度話を聞くと言って松之助を放し、吾平は夜になるのを待って近田征四郎の屋敷を訪ねた。

証拠を捏造《ねつぞう》したことを告げれば、征四郎は烈火の如《ごと》く怒るだろう。吾平から手札《てふだ》を取り上げると言い出すかもしれない。そんな恐れを抱きながら訪問したのだが、征四郎はまだ帰っていなかった。

半刻《はんとき》（一時間）ほど待って、ようやく征四郎が帰って来た。だが、征四郎は酔っていた。誰かの接待を受けていたらしい。上機嫌な征四郎を見て、吾平は何も言えなかった。

征四郎の屋敷からの帰り、吾平はこの危機を乗り越える手段を一つだけ思いついた。

松之助が辰三に頼まれたというのは間違いで、架空の人間を作り出して、その男から頼まれたことにしたらどうだろう。

辰三がおつたの兄だとわかれば、そこから吾平に辿《たど》り着いてしまう。架空の人間なら、誰が松之助に頼んだか永久にわからないことになる。

円助が下手人だという証拠が不十分だったことが明らかになってしまう。もはや、それは仕方ない。しかし、証拠を捏造した罪だけはかぶらないようにしたかった。

それで、ゆうべ、辰三に会い、松之助に言い含めるように頼んだのだ。

だが、今朝《けさ》早く、辰三がやって来て、松之助がいなくなったという。どういうことだときいても、辰三も首を傾《かし》げるばかりだった。

それで、吾平は花川戸の長屋に松之助を訪ねた。やはり、松之助はいなかった。長屋の住人にきくと、夜遅く誰かが訪ねてきて、いっしょに出て行ったという。その男の人相はわからなかった。

その後、浅草奥山や地回りの仲間などを辰三と手分けして訪ね探したが、松之助の行方は杳《よう》として知れない。

一日歩き回り、疲れ切って、おつたの家にやって来たのだ。

「親分。なに、そんなにいらついているのさ」

おつたが心配そうにきく。

「松之助の行方だ。いったい、どこに行ってしまったのか」

吾平は乱暴に煙草《たばこ》をすっていた。

格子戸が開いた。やがて、辰三が入って来た。

「見つかったか」

吾平は期待してきいた。

「だめでした」

辰三は疲れたような顔で、

「奴《やつ》の馴染《なじ》みのいる岡場所や茶屋女などにも当たってみたんですが、誰もわかりません。長屋に戻っているかもしれないと、ここに来る前に寄ってきましたが、帰っちゃいませんでした」

「ちくしょう。どこへ行きやがったんだ」

「逃げたんでしょうか」

「いや、逃げるほどのことじゃねえ」

「じゃあ、なぜ」

辰三は顔をしかめた。

「わからねえ」

「これから、どうするんですかえ」

「松之助は辰三に頼まれたと藤十郎に言ったんだ。しばらく、おめえには身を隠してもらおう」

「へえ」

「ほとぼりが冷めるまで、どこか身を隠す場所はあるか」

「さあ」

「兄さん。王子のおばさんのところに匿《かくま》ってもらったらどうなのさ」

おつたが口を挟んだ。

「王子のおばさんか。だが、ずいぶん長い間、ご無沙汰だ。機嫌よく迎えてくれるとは思えねえ」

「でも、他にないなら」

「いや。賭場で知り合った男が本郷《ほんごう》に住んでる。そいつを頼ってもいい」

辰三は厳しい顔で言う。

「よし。辰三。しばらく、そこでおとなしくしているんだ」

「へい」

「ともかく、辰三さえ見つからなければなんとか乗り切れる。すまねえが、さっそく明日にでも出立してくれ」

「わかりやした」

松之助の言葉を聞いているのは藤十郎だけだ。松之助と辰三がいなければ、そのことを証明出来ない。藤十郎が円助を助けたいために嘘《うそ》をついたと反撃出来る。ただ、問題はふいに松之助が現れた場合だ。

だが、松之助の口から辰三の名が出ても、すでに辰三は姿を晦ましたあとだ。見つけ出せまい。

ようやく、吾平は愁眉《しゅうび》を開いた。

「やっと親分に笑顔が戻ったわ」

おつたがほっとしたように言う。

「よし。そろそろ引き上げる」

「あれ、もう帰るのかえ」

「ああ、また、明日来る。辰三、明日の朝早く発つんだ。いいな」

「親分」

辰三が猫なで声を出した。

「ちと金があると助かるんですが」

「金か。おつた、少し出してやれ」

「えっ、私がですか」

おつたが顔色を変えた。

「なんだ、てめえの兄貴のことじゃねえか。心配するな、そのうち、埋め合わせする」

「わかったわ」

おつたは渋々機嫌を直した。

「じゃあ、俺《おれ》は帰る」

吾平はおつたに見送られて外に出た。

雲が張り出している。月も星も隠れ、暗い夜だ。

「提灯《ちょうちん》は？」

おつたがきく。

「いらねえ。通い慣れた道だ。じゃあな」

「お気をつけて」

吾平は歩きだした。

これで、円助を下手人に出来る。藤十郎の鼻も明かすことが出来る。そう思うと、無意識のうちに北叟笑《ほくそえ》んでいた。

回向院の脇から両国橋に差しかかった。かなたに夜鳴きそば屋の提灯の灯が見えた。

橋の真ん中まで来たとき、後ろから迫ってくるような足音を聞いた。追い抜いて行くのかと思って吾平は足を緩めた。

すると、足音がすぐ背後に近付いてきた。いきなり、脇腹に何かを当てられた。吾平は脇を見た。

匕首《あいくち》だ。

「動くな」

男がどすの利いた声を出した。

「誰だ?」

「よけいな詮索はいい。いいか。よく聞け。邪魔者は消してやった。このまま突き進め。いいな」

「なんのことだ?」

吾平の声が震えた。

「場合によっちゃ、辰三も始末してやってもいい」

「始末?　まさか、松之助を?」

「わかったな。このまま、円助を下手人に仕立てろ」

「きさま、何者……」

「動くと、ぶすっといくぜ」

匕首の刃先が脇腹を押した。吾平はうっと唸《うな》った。

「そのまま、動くな。動いたら刺す」

「何者だ?」

「おめえの味方だ。いいな。榧寺《かやでら》の裏を探してみな」

「榧寺?」

「そうだ。動くな」

「……………」

榧寺の裏に何があるというのだ。まさか……。想像して、慄然となった。

ふと足音が去っていく気配がした。吾平は思い切って振り返った。

暗がりに遠ざかる後ろ姿を見ただけで、背格好もわからない。気がつくと、冷や汗をいっぱいかいていた。脇腹の着物が少し裂けていた。


翌朝、吾平は喜蔵とともに御蔵前《おくらまえ》に近い正覚寺《しようがくじ》の裏にやってきた。境内に大きな榧の木があるので、俗に榧寺と呼ばれている。

正覚寺裏を探していた喜蔵が叫んだ。

「親分」

吾平は駆けつけた。

莚《むしろ》でくるまれた死体が横たわっていた。足首が飛び出している。

「解《ほど》いてみろ」

「へい」

喜蔵が荒縄を解いた。

顔が現れた。白目を剝《む》き、顔が苦しそうに歪んでいる。心の臓と腹部に傷があった。

「松之助だ」

吾平は顔をしかめた。

「自身番に知らせて来い。それから、近田の旦那に」

「へい」

喜蔵が走って行った。

殺《や》ったのはきのうの奴だ。だが、誰に命じられたのか。

吾平は頭を巡らした。円助が無罪になっては困る人間が命じたのだ。おそらく真犯人であろう。

『辰巳屋』のおこうの様子は最初からおかしかった。竹之丞との仲を世間に知られたくないからと金をつかまされ、おこうの言いなりに偽装をしたが、まさか、おこうが……。

京太が円助を目撃していたことで、円助を犯人に仕立てたが、もともと円助が犯人だと考えるにはいくつかの無理があった。

まず、侵入口だ。忍び返しのついた塀を乗り越えたということになったが、塀にはその痕跡はなかった。

次に、盗みが目的だとしても、なぜ、竹之丞の財布と煙草入れを盗んだのか。おこうは簞笥《たんす》に入っていた金も盗まれたと言っていたが、部屋の中の様子からは物盗りとは思えなかった。

最初から、竹之丞を殺す目的で侵入したのではないか。では、どこから侵入したのか。裏口だ。おこうが裏口の鍵を開け、犯人を引き入れた可能性も否定出来ない。

あの夜、たまたま吉原の面番所《めんばんしょ》に用があった。その帰りに、おいとに出会ったのだ。おいとはあの界隈《かいわい》を縄張りにしている岡っ引きの家に駆け込むつもりだった。

事情を聞いて、別宅に駆けつけた。竹之丞は喉《のど》を掻《か》き切られて死んでいた。おこうから、

「ふたりの関係が世間に知れると太夫《たゆう》も私も困ります。どうか、よい智恵《ちえ》を」

と、十両を掴《つか》まされたのだ。

下手人の詮索より、ふたりの関係を秘匿するための工夫が優先した。だが、竹之丞の死により後継者問題が浮かび上がった。

そのために芝居関係者を中心に、いろいろな憶測が生れた。後継者争いが背景にあるような噂《うわさ》が立つに及び、今度は竹之丞の父親の知久翁が泣きついてきた。

下手人が捕まらないうちに名跡《みょうせき》を継ぐと、あらぬ疑いがかかるので誰もあとを継ぎたがらない。なんとかして欲しいと訴えたのだった。それだけでなく、世間の耳目を集めている看板役者が殺された事件だ。お上《かみ》としても早く下手人を挙げなければならなかった。

そこで、知久翁が言い出したのが京太が怪しい人間を目撃していたということだった。

それが猿回しの円助だ。弾左衛門配下の人間だということも犯人にするには抵抗がなかった。知久翁自身、弾左衛門配下の人間はもともと歌舞伎役者《かぶきやくしゃ》に含むところがあるから、事件を起こすこともあるかもしれないという感想を述べた。

最初は円助犯人説に対して半信半疑だったが、円助が事件が起きた時刻、どこにいたのかという問いかけに口を濁していたことが決め手だった。

その時点で、吾平も円助の仕業だと思うようになった。何もやましいことがなければ、どこに行ったのか言えるはずだろう。

そして、待乳山聖天の社殿の床下から竹之丞の財布と煙草入れが見つかっていた。もちろん、円助が捨てたという証拠はない。だが、財布には動物の毛が付着していた。それを猿の毛だと決めつけた。

あれは犬の毛だったかもしれない。それを強引に猿の毛と決めつけ、下手人に仕立てたのだ。だが、それでも決定的な証拠に欠けた。

だから、凶器の匕首を証拠として捏造したのだ。あれは、吾平が思いついたことだった。だが、藤十郎により、松之助の嘘が暴かれそうになったとき、きのう現れた男が、松之助を殺したのだ。男はこう言った。このまま突き進めと。つまり、円助を犯人に仕立てろということだ。

男はこうも言った。おめえの味方だ、と。

吾平以外に円助を犯人に仕立てようとする人間がいる。そこまでして、円助を犯人に仕立てたいのは誰か。

知久翁か。おこうか。おこうなら、裏に男がいるに違いない。

「吾平」

声をかけられ、吾平ははっと我に返った。

「あっ、旦那」

近田征四郎が駆けつけたのだ。

「松之助が殺されたそうだな」

「へい。どうぞ」

吾平は気を取り直し、征四郎をホトケのところに案内した。

莚をめくる。土気色の顔が現れた。

「心の臓と腹を刺されているな。殺されてから一日以上経《た》っている」

「一昨日《おとつい》の夜から長屋に帰っていませんでした。その頃、殺されたんだと思います」

「こんな場所に捨てられていたのでまる一日以上、発見されなかったわけか。で、死体は誰が発見したんだ?」

「へえ、あっしです」

「なに、おまえが?」

征四郎は不思議そうな顔をした。

「これにはわけがありまして」

「なにがあったのだ？」

「じつは、ゆうべ、正体不明の男が松之助を殺して榧寺の裏に捨てたと言ったんです。それで、今朝になって調べてみたらほんとうに死体があったってわけです」

「正体不明だと？」

「へえ。いきなり背後から匕首を突き付けられました」

「どんな男だ？」

「わかりません。顔を見ることが出来ませんでした」

「なぜ、そいつは松之助を殺したんだ？」

「さあ」

吾平はとぼけた。

征四郎の目が鈍く光った。

「じゃあ、なぜ、おめえに教えたんだ？」

「わかりません」

「吾平。俺に何か隠しちゃいねえか」

「いえ、そんなことはありません」

征四郎は疑い深そうに見つめ、

「こいつは円助に匕首を貸したと証言した男だ。どうして、その男が殺されなきゃならぬのだ」

「さあ」

吾平はしらを切り通すしかなかった。凶器をでっち上げたことは征四郎の知らないことだ。

「吾平。この男の証言は間違いないんだろうな」

「へえ、間違いないと思います」

「思います?」

「へえ」

「吾平。なんだかへんだぜ」

「いえ、そんなことはありません」

「そういえば、昨夜《ゆうべ》屋敷に来たな。何か話があったんじゃないのか」

「ええ、ああ」

「なんだったんだ?」

「たいしたことではなかったんで」

「ほんとうに、俺に隠していることはねえんだろうな」

「ほんとうです」

「なら、いいが」

征四郎は呟《つぶや》くように言い、

「この男に生きていられちゃ困ることとはなんだ？」

と、きいた。

「さあ」

「まあ、いい。ところで、松之助はこの榧寺と何か関係があるのだろうか」

「いえ、そんなことはないと思いますが」

「ここに死体を隠す意味はないというわけだな。つまり、松之助は殺されてここまで運び込まれたのではないな」

「じゃあ、ここまで誘《おび》き出されたってことで？」

「そうだろう。なぜ、ここかということだ」

征四郎は辺りを見回した。

寺の塀の向こうに榧の木が見えた。

「御蔵前に近いが、そのことと何か関係があるのか」

「松之助は札差《ふださし》とか米問屋とかとは無縁のように思いますぜ。だとしたら下手人のほうでしょうか」

きのうの男の住まいがこの近くにあるのか。仮にそうだとしても、男の顔はわからないのだ。

「じゃあ、あっしはこの付近を聞き込んでみます」

吾平はそう言い、征四郎から離れた。

征四郎は俺を疑っていると、吾平は思った。いっそ、正直に話すべきか。しかし、松之助が殺された今となっては、松之助が嘘をついていたかどうかは確かめようがないのだ。このまま押し切れば円助を下手人にし、藤十郎の鼻を明かすことが出来る。

だが、吾平は心が落ち着かなかった。誰が円助を陥れようとしているのか。誰が竹之丞を殺したのか。ほんとうのことがわからず、薄気味悪かった。

それより、藤十郎だ。松之助の死を知り、どんな反応を示すか。まさか、俺がでっちあげの黒幕だとは思っていまい。もし、そこまで想像していたら、俺が口封じをしたと邪推するだろうか。

それも困る。松之助の死を藤十郎に告げておいたほうがよさそうだと思うと、吾平の足は田原町に向かっていた。

僅《わず》かな距離だ。吾平は『万屋』の前に立った。

深呼吸をして、暖簾《のれん》をくぐる。帳場格子《ちょうばごうし》の前に座っていた番頭の敏八が一瞬、嫌そうな顔をした。みな、そんな顔をする。吾平は馴れている。

「旦那はいるか」

「はい。少々、お待ちを」

敏八は立ち上がり、奥に急いだ。

しばらくして敏八が戻り、それからあまり間を置かずに藤十郎がやって来た。

「私も親分に会いたいと思っていたところです」

藤十郎に面と向かうといつも言い知れぬ圧迫を覚える。その威圧に負けまいと虚勢を張って、

「松之助のことだが、今朝、死体で見つかった」

と、吾平は言った。

「どうして？」

藤十郎は予期せぬ事態に混乱しているようだ。

「殺されたんだ。榧寺の裏手に捨てられていた。殺されたのは一昨日の夜だ」

「下手人は？」

「手掛かりはねえ」

「凶器をでっちあげた件との関係は？」

「待て。松之助が死んだ今となっては凶器をどうしたかわからねえ。確かめようにも本人はいない」

「辰三に頼まれたと言っていた」

「いや、俺にはそんな名を言っていなかった。別の名だったぜ」

吾平はわざと否定した。

藤十郎の目が鈍く光ったが、思わぬ一言を口にした。

「今度は辰三が危ない」

「なんだと」

吾平は息が詰まりそうになった。

「何者かが私のあとをつけて松之助の居場所を嗅ぎつけた。松之助はこのままでは凶器が偽物であることを白状してしまう。だから、口を封じたのだ。だが、松之助は辰三の名を出している。私が辰三を追えば、今度も先回りをして辰三を殺《や》るだろう」

「………………」

「親分。辰三という男を探して保護してやるのだ。狙われる可能性がある」

「どうして、そう思うんだ?」

吾平は声を絞り出した。

「円助をどうしても下手人に仕立てようという人間がいるのだ。だから、円助を裁きにかけるのに邪魔な人間は始末される」

吾平は唖然《あぜん》とした。藤十郎は事件の本質を摑んでいるのではないか。改めて、恐ろしい男だと思った。

三

吾平が引き上げたあと、藤十郎は部屋に戻って考えに没頭した。

浅草奥山に松之助を訪ねたとき、尾行者がいた。藤十郎が松之助を痛めつけたのを当然見ていたはずだ。

あとで、その男は松之助に接触した。そして、凶器をでっちあげたことを白状するかもしれないと危ぶんだ。

なにがなんでも円助を犯人に仕立てたい一味は、手段を選ばず、邪魔者を消していく。そこまでして円助ひとりに怨《うら》みを晴らしたいわけではあるまい。円助が弾左衛門の配下だからだ。歌舞伎役者と弾左衛門とを対立させたいのか。

両者が対立すれば分は歌舞伎役者にあるのは明白だ。大衆は歌舞伎役者を支持している。この対立を戯作者《げさくしゃ》が芝居にし、狂言にかければ、ますます世間は弾左衛門配下を疎《うと》ましく蔑むようになるだろう。そうするだけの力を歌舞伎役者は持っている。

しかし、そうなると『大和屋』も黙ってはいられまい。歌舞伎役者を取り締まるように、『大和屋』は老中に働きかけざるを得なくなる。

こういう対立をもっとも歓迎するのは鴻池だ。いや、それを望んでいるのであろう。竹之丞殺しに鴻池が絡んでいるという証拠はない。肝心の『辰巳屋』と鴻池に繋《つな》がりが見出《みいだ》せていないからだ。

ただ、知久翁、そして竹之丞のほうに鴻池との関係がありそうだ。去年、竹之丞は大坂に招かれている。上方歌舞伎の舞台に立った。そこで鴻池が接触したことは十分に考えられる。

しかし、いずれにしろ、竹之丞殺しには直接鴻池が関わっているとは思えない。円助を犯人に仕立てることまで計算出来なかったはずだ。岡っ引きの吾平が鴻池の指示通り動いているとは思えない。円助を目撃した京太も同じだ。

すると、こういうことになる。弾左衛門配下の円助が竹之丞殺しの下手人として捕まった。このことを知って鴻池が動きだしたということだ。

なぜ、そのことを知り得たのか。江戸の町の隅々にまで鴻池の手が張りめぐらされているということを物語っている。

それは『万屋』のことをよく知っていたことでもわかる。

円助を無実にもって行くには辰三の証言が必要だ。おそらく、辰三とは吾平の妾《めかけ》の兄のことであろう。だが、迂闊に辰三には近づけない。辰三の身にも危険が及ぶ。目的のためなら、敵に容赦はないようだ。

そろそろ、吟味与力《ぎんみよりき》による円助の詮議がはじまる。円助の疑いを晴らす手段はもう一つある。事件のあった時刻、円助がどこに行っていたかを喋《しゃべ》ることだ。

だが、円助はそのことに関して口を閉ざしている。円助は何を隠しているのか。

藤十郎は立ち上がった。

敏八に店を任せ、『万屋』を出て、藤十郎は山谷方面に向かった。

今戸橋を渡り、弾左衛門屋敷にやって来た。

門をくぐり、猿回しの人びとが住んでいる長屋を目指す。

洗濯物を干していた女房がふたり、手を止めて近寄って来た。

「藤十郎さま。円助さんはどうなるんですか」

ふたりは縋《すが》るような目を向ける。

「これからご詮議がはじまる。きっと身の潔白があかされる。心配するな」

「はい。どうぞ、よろしくお願いいたします」

「ところで、円助は事件の夜、どこに行っていたのか言おうとしない。何か心当たりはないか」

「それが、みんなわからないんです。ただ、ときたま夜、外出していたことは知っていましたが」

目の前の家から年寄りが出て来た。以前は大道で猿回しをしていた男だ。

「藤十郎さま」

年寄りが会釈をした。

「いまも円助のことをきいていたところだ。円助が夜、どこに行っていたか知らないか」

「へえ。それがわからないのです。若い者にもきいてみたのですが、誰も知りません。円助は誰にも告げずに出かけてたようです」

「心当たりはないか」

「はい。おつゆさまに言われ、いろいろ調べてみましたが、何もわかりませんでした」

「そうか」

藤十郎は溜め息をついた。

「藤十郎さま。円助はどうなりましょうか」

「きっと助ける」

「お願いいたします」

「円助に好きな女は？」

「つきあっている女はいませんでした」

「血のつながった者は？」

「おりません。円助は拾われた子なんです。今輔《いますけ》という猿回しが深川の富岡八幡宮《とみおかはちまんぐう》の近くで捨てられた赤子を拾って来て育てた。その赤子が円助なんです。今輔を実の父親と思っていましたが、母親の味を知らず、母親への思いは強かったようです」

「母親への思いが強いというのは？」

「猿回しをしていて、ときたま見物人の中をきょろきょろ探していることがあったそうです。円助に訊ねると、おっかさんがいやしないかと思ってと恥じらうように言っていたんだそうで……」

「母親か」

藤十郎はそのことが印象に残った。

だが、円助が事件の夜どこに行ったのかの手掛かりは摑めそうになかった。

つづいて、藤十郎は弾左衛門の屋敷に寄り、弾左衛門を見舞った。

「藤十郎どの。円助の件はどうだ？」

顔を見るなり、弾左衛門はそのことを口にした。

「御前《ごぜん》さま。ご心痛お察し申し上げます。今もって救い出すことは叶《かな》いませぬが、必ずや円助を助け出します」

「お願いいたす」

弾左衛門は頭を下げた。

「御前さま。もったいのうございます」

藤十郎はあわてて言い、

「じつはお願いがございます」

と、身を乗り出した。

「何か」

「はい。今回の円助が捕まった件を利用して、鴻池が暗躍しているようでございます」

鴻池の関与を疑う点を幾つか述べてから、

「歌舞伎役者との対立を煽《あお》り、奉行所との関係を悪化させることを狙いとしているならば、関八州の配下の方々にも接触を図る可能性がございます。そして、役者や奉行所にも対抗するようにそそのかす。鴻池はそこまでしかねません」

「そういえば」

と、横で聞いていた小太郎が口を開いた。

「先日、関八州の主立ったものがやって来て、円助を助け出すために奉行所に大挙して押しかけたらどうかと言ってきました」

「それはいけませせぬ」

「はい。なんとか押しとどめましたが、どうやら誰か煽動《せんどう》する人間がいるようです。まさか、鴻池の手の者が潜り込んでいるのでしょうか」

「その可能性はあります」

「そこまで鴻池は手を伸ばしているのか」

弾左衛門が目を剝いた。

「裏鴻池の暗躍は我らの想像以上と考えたほうがいいでしょう。どうか、円助の件で必要以上に騒ぎ立てぬように配下の方々に申し伝えを」

「あいわかった」

藤十郎は焦りからくるいらだちを鎮めるように深呼吸をした。


その日の夕七つ（午後四時）、橋場にある料理屋『都鳥』の二階広間に、『大和屋』は鴻池の一行を招いた。床の間を背に、藤右衛門と鴻池の佐五郎が並び、奥に鴻池の一行が一列に七名、対して廊下側に藤一郎以下七名が腰を下ろした。

藤右衛門が遠来の客に歓迎の意を示し、それに対して佐五郎が応《こた》え、酒宴がはじまった。だが、藤十郎は一行の中のひとりの人間を気にしていた。若く、凜《りん》として、少し皮肉そうな笑みを湛《たた》えた美しい女だ。

動じることのない姿勢に、自信のようなものが窺える。まるで、挑発するかのように、ときおり藤十郎に目を向けている。

「なんとも言えぬ眺めでございますな」

ようやく陽《ひ》が傾きだしたが、沈むまでにはまだ間がある。大川に帆掛け舟が浮かび、都鳥が舞う。対岸は向島《むこうじま》で、牛《うし》の御前社《ごぜしや》や三囲《みめぐり》神社《じんじゃ》、そして隅田川《すみだがわ》神社《じんじゃ》の社が草木の中に見える。

「あれが、都鳥でございますか」

舟の周囲を飛び交っている鳥を見つめて、佐五郎が言う。

一同の目が開け放たれた窓の向こうに広がる風景に向けられていた。

「佐五郎どの。この景色にも負けぬ美貌のそこの娘御をお引き合わせくだされ。さっきから気になってならぬでな」

藤右衛門が盃《さかずき》を手にしたまま言う。

「これは気がつきませんで」

佐五郎は笑みを浮かべ、

「これ、おその」

と、呼んだ。

おそのは優雅に立ち上がり、藤右衛門の前に進み出た。

「鴻池善右衛門の末娘のおそのにございます。どうぞ、お見知りおきを」

佐五郎が言うと、おそのは深々と腰をおり、顔を藤右衛門に向けて、

「おそのにございます。ふつつかではございますが、よろしくお願い申し上げます」

「ご丁寧なご挨拶、痛み入る。こちらにいるのが我が嫡男《ちやくなん》の藤一郎、その隣にいるの

が三男の藤十郎でござる」

　おそのは体の向きを変え、藤一郎と藤十郎に挨拶をした。

「おその。藤右衛門さまにお酒を注《つ》いで差し上げなさい」

　佐五郎の言葉に頷き、おそのは藤右衛門の前に進んだ。

「長旅、さぞお疲れであったろう」

　酌を受けてから、藤右衛門がきいた。

「いえ、江戸に行けるうれしさや『大和屋』の皆さま方にお会い出来る喜びに疲れなどまったく感じませんでした」

「これはこれは……」

　藤右衛門は目尻を下げた。

　一礼をし、おそのは今度は藤一郎の前に進んだ。

「どうぞ」

「これはどうも」

　藤一郎もにやついている。

「不躾《ぶしつけ》ながら、おそのどのはお幾つか」

　盃を持ったまま、藤一郎がきいた。

「十八にございます」

「十八歳でござるか」

「父親の善右衛門が放さず、嫁にやろうともしません」

佐五郎が口を入れた。

「わかります」

藤一郎は目を細めた。

次に、おそのは藤十郎の前に座った。

「どうぞ」

「いただきます」

藤十郎は盃を差し出した。

「藤十郎さまのお噂はいろいろお伺いしております」

おそのは口元を綻ばせた。

「噂？　どのような噂でございましょう」

藤十郎はきき返す。

「いろいろと。今度、ゆっくりお話しいたします」

おそのは一礼して立ち上がった。

その後、芸者が踊りを見せ、弾左衛門配下の芸能者が幸若舞《こうわかまい》、猿楽《さるがく》などを披露し、座を盛り上げた。鴻池の者も滑稽な踊りを披露した。

陽は沈み、空は暗くなっていた。いつしか座は乱れ、『大和屋』の人間と鴻池の人間が入り混じって、酒を酌み交わしはじめた。

藤十郎はそっと席を立った。

廊下に出て、手摺《てす》りに手をかけて夜風に当たる。鴻池とはなごやかな雰囲気だ。とうてい、腹に何かを隠しているようには思えない。藤右衛門も藤一郎も楽しそうだった。佐五郎とすっかり打ち解けている。これまでの疑念は考えすぎだったのではないかとさえ思えた。

大川は闇に包まれているが、月影が川面《かわも》を照らしている。

ふと背後にひとの気配を感じた。甘い香りが漂ってくる。

「何をなさっておられるのですか」

おそのが横に並んだ。

「いえ、少し呑みすぎたようなので夜風に当たっております」

「私もです。こんなに楽しい宴《うたげ》ははじめてです」

おそのは物おじせずに堂々としていた。

「藤十郎さま、江戸を案内していただけませぬか」

「いつまで江戸に？」

「ひと月の滞在と聞いております」

「そうですか。今、手の離せない仕事を抱えております。それが片づいたらでよろしければご案内いたします」

「わかりました。お待ちしております」

「さきほど私の噂を聞いていると仰いましたが、どのようなことでございましょう」

噂の内容によって、鴻池がどの程度のことまで調べ上げているか探ることが出来る。

「それは、今度ゆっくりお話しいたします。ああ、風の気持ちいいこと」

夜風が吹きつけ、おそのは手摺りに手をかけて顔を差し出すようにして風を受けた。まだ十八歳。もし、鴻池一族の野望のために利用されているのだとしたら可哀《かわい》そうだと、藤十郎は哀れむようにおそのの横顔を見た。

誰かの視線を感じ、藤十郎はそのほうにさりげなく顔を向けた。さっと障子の陰から離れて行った男がいた。

『大和屋』の譜代の家来であり、番頭格の綱次郎だった。おつゆの父親である。おそのと並んでいる姿を見てどう思ったのか。藤十郎はふと胸騒ぎを覚えた。

四

翌日の朝、吾平は『市村座』の前にやって来た。木戸には客があふれ返っている。相変わらずの人気だ。

團十郎の助六に瀬山雪二郎の揚巻は好評のようだ。吾平は芝居には興味がないが、おったは観《み》て感動していた。

雪二郎が竹之丞の名跡を継ぐというのが衆目の一致するところらしい。

吾平は楽屋口にまわった。通りかかった役者をつかまえ、

「すまねえな。京太はいるかえ」

と、きいた。

「京太さんは、最近、ここには来てませんぜ」

「来てない？　どうしてだ？」

「さあ、よくわかりませんが」

「そうか。京太の住まいはどこだ？」

「長谷川町です。死んだ竹之丞さんの家の近くの長屋です」

「わかった。すまなかったな」

吾平はこれからどうするか迷った。この時間、京太が長屋にいるかどうかわからない。

それでも行ってみることにした。死んだ竹之丞の家は妻女が守っていて、弟子たちが稽古場に顔を出している。

竹之丞の家の近くにある長屋木戸をくぐる。腰高障子《こしだかしょうじ》を見ながら奥に向かうと、途

中に竈取《くまど》りが描かれた障子を見つけた。

吾平は戸に手をかけた。

「いるかえ」

そう言いながら、戸を開ける。

薄暗い中に、もぞもぞとひとが動くのがわかった。

「誰でえ」

ふとんから顔を出したのは京太だった。

「お天道様《てんとさま》はとっくに上がっているぜ」

「あっ、吾平親分」

京太はあわててふとんから這《は》い出た。

「いま、芝居小屋に行ったら、最近来てねえというじゃねえか。いってえ、どうしたんだえ」

「へえ。雪二郎とうまくいかなくて」

「喧嘩《けんか》でもしたのか」

「死んだ太夫のことを悪く言うので、ついかっとなって」

「あのふたりは兄弟なんだろう?」

「腹違いですよ。知久翁の旦那は雪二郎の母親のほうが気に入っているんですよ。だから、大旦那は雪二郎に甘いんです」

「じゃあ、知久翁は名跡を雪二郎に？　噂どおりってわけかい」

「太夫に譲ったのを後悔していたんじゃないですか。だから、太夫が死んでほっとしているのかもしれません」

京太は顔を歪めた。

「京太。少し話がしたいんだ。付き合わねえか」

「へえ」

「心配いらねえ。おめえのことじゃねえ。竹之丞殺しについて、おめえの意見をきいてえんだ」

「あっしの意見？」

京太は不思議そうな顔をした。

「そうだ。じつは、あの殺しにはいろいろ不可解なことがある。もう一度、調べ直したいんだ」

吾平の頭にはいろいろな思惑が交錯していた。

へたをすると、自分が大怪我《おおけが》をする可能性があった。凶器のでっちあげがばれたら、岡っ引きとしてやっていけなくなる。そんな危機にさらされたが、松之助の死はある意味、吾平を救ってくれたといっていい。

円助が無実であろうが、もうこのまま突き進むしかない。だが、このままでは真犯人を取り逃がすことになる。

そう考えたとき、吾平は思わず馳走《ちそう》を目の前にしたように舌なめずりをしたのだ。

「調べ直すって、ひょっとして下手人は円助じゃねえってことですか」

「そうだ。円助はほんとに白かもしれねえ」

だからといって、円助の疑いを晴らすために尽力するというわけではないが、京太にはそう匂わせた。

「そういうことなら」

京太は立ち上がり、ふとんを畳み、枕屏風《まくらびょうぶ》で隠し、着替えた。

「お待たせしました」

「この時間でもやっている店はなかったか」

長屋を出てから、吾平は言う。

「まだ、どこも開いてないと思いますが」

「いや。あそこならだいじょうぶだ」

吾平に思いだした店があった。富沢町《とみざわちょう》にある蕎麦屋《そばや》だ。

「親分。なんでまた、事件を見直そうと思ってんですかえ」

道々、京太がきいた。

「円助が下手人だという自信がなくなってきたんだ。知久翁の話からおめえが円助を見たって聞いたときは間違いないと思ったんだがな」

「そうですかえ」

京太は声を弾ませ、

「親分。そのとおりだ。円助は下手人じゃねえ」

「どうして、そう言い切れるのだ」

吾平がきいたとき、蕎麦屋の前にやって来ていた。

まだ暖簾が出ていない店の戸を開け、中に入る。

「まだなんですけど……」

出て来た亭主が途中で顔をしかめた。

「これは親分さん」

「そんな顔をするな。二階を貸してくれねえか。客が混み合ってきたら引き上げる。ちょっと大事な話があるんだ」

「へい、どうぞ」

亭主は内心で舌打ちしているに違いない。そんなことは百も承知だ。

「じゃあ、借りるぜ」

吾平は京太を急《せ》かして梯子段《はしごだん》を上がった。

二階の小部屋に入ると、亭主が気を利かして茶を持って来た。

「すまねえな。大事な話があるからこっちのことは気にしなくていいぜ」

「へい。では」

亭主が下がった。

「さっきの続きだ。どうして、円助が下手人じゃねえと言い切れるんだ？」

茶を一口すすってから、吾平はきいた。

「じつは親分。あっしはいっとう最初にあの家に行ったんですぜ」

「なに？」

「知久翁の旦那を連れて来たとき、すっかり様変わりしてました。親分も来ていたので、何も言い出せなかった」

「そのことはいい。最初に部屋に入ったとき、何を見たんだ？」

「『辰巳屋』の内儀《おかみ》さんの異様な姿です。髪は崩れ、着物は乱れ、まるで争ったあとのようでした。おまけに、内儀さんは惚《ほう》けていました。で、そのとき、長火鉢の陰に刃物が見えたんですよ。確かに血が付いていました」

「そうだったのか」

吾平は愕然《がくぜん》とした。

やっぱり、そんなことがあったのか。吾平が駆けつけたとき、おこうはすっかり身づくろいを整え直したあとだったのだ。

「刃物があったのはほんとうか」

「この目で見ました」

「だが、部屋には刃物なんてなかったぜ」

「へえ、それが不思議なんで」

「おこうに刃物のことはきいたか」

「あっしの勘違いってことにされました」

「ほんとうに刃物を見たのか」

「へえ、そう念を押されると自信がなくなるんですが、確かに見ました」

「へんだぜ。じゃあ、そいつはどこに行ったんだ？」

「わかりません」

京太は小首を傾げた。

「それより、乱れた姿だ。おこうにわけをきいたか」

「へい、ききました。内儀さんはこう言った。賊は太夫を殺したあと、自分を手込めにしようとした。必死に抵抗しているときに女中のおいとが帰って来たので、賊はあわてて逃げたと」

おこうのやつ、そんなことは一切言わなかった。金をもらった弱みがあるから、こっちも深く追及しなかったのだが……。

「おめえの最初の印象はどうだったんだ？」

「あっしは内儀さんが太夫を殺したんじゃないかと思いました。ただ、内儀さんが太夫を殺さなくてはならない理由がわからねえ」

「すると、今はどうなんだ？」

「やっぱり、外から賊が入って太夫を殺し、内儀さんを手込めにしようとしたのではないかと。ただ、物盗りじゃありません。物盗りに見せかけ、太夫を殺すためです」

「すると、下手人は竹之丞の近くにいる者だな」

「へい。ただ、賊は殺し屋かもしれません。太夫の近くにいる人間に頼まれて押し込んだんです。ですから、行きがけの駄賃で、内儀さんを襲ったんだと思います」

「うむ。おそらく、そういうことだろう」

松之助を殺し、俺の脇腹に匕首を突き付けた男だ。問題は誰に頼まれたかだ。

「親分。あっしは、円助が捨てた凶器が見つかったと聞いたとき、下手人は円助じゃねえと確信したんです。あの凶器の発見はおかしい。あれは真犯人が円助を犯人に仕立てるためにでっち上げたんですぜ」

「そんなところだろう」

あの捏造は俺の仕業だとは口が裂けても言えない。松之助が死んだ今、この件はとぼけきれる。吾平はそう踏んだ。

「ところで、誰が竹之丞を殺させたかだが、おめえはどう思っているんだ」

「へえ。やっぱり、大瀬竹之丞の名跡争いが理由ではないかと」

「雪二郎か」

「へえ。でも、もしかしたら、知久翁の旦那かも」

「どうしてそう思うんだ？　実の倅《せがれ》じゃねえか」

「じつは、ふたりはあまりしっくりいっていなかったんです。太夫は先妻の子で、雪二郎は妾の子。でも、知久翁の旦那は妾にめろめろですからね。先妻には冷たく当たってたそうです。そんな母親を見ていますから、太夫も知久翁の旦那を恨んでいたんじゃないでしょうか。先妻は太夫が四代目大瀬竹之丞を継ぐのを見届けるようにして亡くなってしまいましたが、あとで、知久翁の旦那は雪二郎に継がすべきだったと後悔していたと聞いたことがあります。それに、知久翁の旦那は太夫の芸を認めていません」

「芸を認めていない？」

「ええ、雪二郎は先代の芸を忠実に継承しようとしていますが、太夫は先代の芸に工夫を入れて変えようとしていたんです。大旦那にすれば、自分の芸を否定されたようで面白くなかったはずです」

「そうか」

「それに、太夫が死んだことを告げたとき、知久翁の旦那はあまり驚かなかった。そのことがあっしには不思議でならなかった。あとで考えれば、知久翁の旦那は太夫の死を予期していたんじゃないかと」

「なるほど」

「まだ、ありますぜ。早く下手人が挙がらないと後継者選びに支障があるからと懇願され、それであっしは円助のことを思いだしたんです。そう考えると、知久翁の旦那が疑わしく思えます」

「うむ」

知久翁が殺し屋に命じて竹之丞を殺させた。そして、うまい具合に円助が罪をかぶった。そのまま円助を犯人に仕立てあげるために、邪魔な存在の松之助を殺させた……。

「黒幕が知久翁だとすると、いちいち説明がつきそうだな」

吾平は呟いたが、さてと思った。問題はこれからどうするかだ。知久翁の仕業だとしても、殺し屋を雇ったという証拠を探すのは難しい。

「親分。これで円助を助け出せますね」

京太が言う。

「いや。知久翁の仕業だという証拠はない。殺し屋が見つかっても、おいそれとは口を割るまい」

「では、どうするんです？」

「知久翁を揺さぶってみるか」

「そうですね、何かぼろを出すかもしれねえ」

京太は二度頷いた。

「その前に、もう一度おこうに当たってみる。おや、下が騒がしくなってきたな。どうやら、店を開けたか。京太、蕎麦でも食うか」

「へい」

「しっぽくを二つ頼んで来い」

「あっしはかけで」

「話を聞かせてもらったんだ。馳走する」

「いいんですかえ。ありがてえ」

京太は勇んで部屋を出て注文しに行った。

蕎麦屋を出てから京太と別れ、吾平は小伝馬町に向かった。

『辰巳屋』は繁昌《はんじょう》しているようで、荷車があわただしく出入りしている。店先にいた番頭に声をかけ、おこうへの取り次ぎを頼んだ。

待つほどのこともなく、番頭がやって来た。

「親分さん。内儀さんがこちらにと」

「わかった」

おこうも事態の成り行きを知りたいのだろう。

番頭に案内されて客間に入ると、番頭と入れ代わるようにして、おこうがやって来た。

「親分さん。ごくろうさまです」

おこうは鷹揚《おうよう》に言う。

「内儀さん。きょうはちと確かめたいことがございましてね」

「なんでしょうか」

「じつは、京太が最近になって妙なことを言い出しましてね」

「何でしょうか」

おこうは小首を傾げた。色っぽい女だ。なるほど、竹之丞を殺したあと、賊がむらむらとした気持ちもわかると思った。

「京太は事件現場に駆けつけて、まっさきに見たのが髪を崩し、着物を乱した内儀さんの姿だったと言っている」

「あら、親分にはそう話していませんでしたか」

おこうは平然としている。

「いや、聞いてはいねえ」

「そうだったかしら」

「まあ、そんなことはどうでもいいことで。で、どうしてそんな姿だったんですかえ」

「賊に手込めにされそうになったんですよ」

「どうして隠していたんですかえ」

「だって、手込めにされそうになったなんて恥ずかしいじゃないか。それに、世間はどうみますかえ」

　おこうがむきになって言う。

「きっと、手込めにされたんだって噂しますよ。危ういところで助かったって誰が信じてくれますかえ。手込めにされたほうが噂話としちゃ面白いはず。だから、言えなかったんですよ」

「なるほど」

　そういうこともあり得るかもしれないが、なんとなくおこうにうまく言いくるめられたような気がしないでもない。

「太夫との仲といい、手込めにされそうになったことといい、いろいろ隠したいことがあったんですよ。だから、親分に特にお願いしたんじゃないですか」

　袖の下を渡したと、暗に言っているのだ。

「別に、そんなことを蒸し返そうとしているんじゃねえ。ただ、円助がほんとうに下手人だったのか、おかしなことが出て来たんで、確かめに来ただけだ」

「あの男が下手人じゃない可能性があるんですか」

おこうが真顔になった。

「うむ」

「どういうことで？」

「袖摺稲荷で凶器の匕首が見つかった件だ。そのことを証言した松之助という男が三日前に殺された」

「まあ」

「じつは、松之助は嘘を言っていたと白状する寸前だった。そんなときに、殺されたんだ。真犯人が口封じをしたにちげえねえ」

「………」

おこうが口を半開きにした。

「おそらく、竹之丞を殺す目的で、殺し屋を雇った人間がいるんだ。その殺し屋が行きがけの駄賃で、おめえをものにしようとしたんだろう」

「単なる押込みじゃないっていうんですか」

「そうだ」

「でも、太夫はひとから恨まれるような人間じゃありませんよ」

「そうよ。だから、名跡の後継問題が根っこにあるんじゃねえのか」

「まさか、雪二郎さんを？」

「いや、雪二郎ばかりじゃねえ。知久翁も怪しい」

「………」

おこうは考え込んだ。

「どうだ、そう考えてどこか矛盾があるか」

吾平は迫った。

「親分」

おこうが顔を上げた。

「親分は円助を助けようとしているんですか」

「いや、そういうわけでは……」

吾平は戸惑った。

「どういうことですね」

「円助の無実を証明するには真犯人を見つけ出すしかねえ。だが、いまとなっちゃ、それはもう無理だ。怪しい人間がいたとしても、証拠は見つけ出せねえだろう」

「じゃあ、円助は？」

「まあ、可哀そうだが、このままだ」

「お裁きをうけるということですか」

「止《や》むを得まい」

「じゃあ、親分は何のために事件を調べ直しているんですか」

「さっきも言ったように、ほんとのところを知りたいだけさ」

真実を知っただけでは金にならないが、そのことをねたに真犯人から金をふんだくれる。それが狙いだとは口が裂けても言えない。

「円助ってひとだけが割を食うわけですか」

「まあ、幸いなことに、奴は弾左衛門配下の猿回しだ。真相がわかっても、誰も同情などしやしめえ」

「そうかしら。万屋藤十郎という男は円助を助け出そうとして動いていますよ」

「藤十郎……」

いやな匂いを顔面に吹きつけられたような不快感に襲われた。

「あいつは謎《なぞ》の多い男だ。あんな奴の言うことなんか信用ならねえ。今度こそ、鼻をあかしてやることが出来るぜ」

吾平は不敵に笑った。

「私は雪二郎さんや知久翁さんが太夫を殺したなどとは想像出来ませんよ。それに、百歩譲って太夫を殺したいのなら、どうしてわざわざ私といっしょのときだったのかしら。

もっと、狙う機会はたくさんあったでしょうに」

「うむ。ひょっとしたら、殺し屋はおめえのことも狙っていたのかもしれねえ。一石二鳥を狙ったんだ」

「…………」

またも、おこうは黙りこくった。

「まあ、俺が調べ直したって円助の罪にゃ影響はねえ。だから、気にしなくていいぜ。じゃあな」

腰を浮かせたとき、

「親分」

と、おこうが呼びかけた。

「親分は大瀬家の家宝をご存じですかえ」

「家宝? いや、なんだ、そいつは?」

「大瀬竹之丞の名跡を継いだ者が必ず大切に持っている懐剣があるんですよ。その懐剣こそ、正統な名跡の証《あかし》」

「ほう、そんなものがあるのか」

「ええ。初代大瀬竹之丞から代々名跡とともに引き継がれるもので、お披露目には必ず身につけなければならないという決まりがあるんです」

「知らなかったぜ。で、それがどうした？」

「太夫が亡くなったあと、その懐剣が行方不明になっているんですよ」

「なんだと」

「これは一部の人間しか知らないことです。どうぞ、知久翁さんにお会いになるとき、お訊ねになってくださいあっ、私から聞いたなどとは言わないでくださいね」

家宝の懐剣が行方不明……。初耳だった。このことが何か事件と関わりがあるのか。

吾平はまた目の前に霧がかかるのを感じていた。

五

鴻池との酒宴を終えた翌日、藤十郎は浜町堀を越え、高砂町の幸之助店にやって来た。

長屋木戸を入る。洗濯をしている女房におさちの家をきいた。

「奥から二軒目です」

「ありがとう」

藤十郎はおさちの家に向かった。病気の母親の面倒をみているらしい。

腰高障子の前に立ったとき、ふいに内側から戸が開いた。おさちがびっくりした顔で立っていた。

「驚かせてしまったな」

藤十郎は声をかけた。

「いえ、すみません」

おさちは頭を下げてから小首を傾げた。どこかで見た顔だと思ったのだろう。

「私は田原町の『万屋』だ」

あっと、おさちは目を見開いた。

「じつは、ききたいことがある」

「なんでしょうか」

おさちは戸惑い顔になった。

「おさち、お客さんかえ」

奥から声がした。

「ええ、ちょっと出てきます」

振り向いて言い、おさちは外に出た。

「だいじょうぶか」

「はい」

稲荷《いなり》の祠《ほこら》のそばに行った。

「質入れの品物のことで訊ねたい」

おさちが息を呑むのがわかった。

「あの品物は誰の持ち物だね」

「………」

おさちは俯《うつむ》いた。

「どうした？」

「頼まれたんです」

「頼まれた？　質入れをか」

「はい」

「誰だね、頼んだのは？」

「お店のお客さんです」

「芝居茶屋の『柳さと』だな」

「はい」

「客の名は？」

「太郎吉《たろきち》さんです」

「太郎吉はどこの人間だ？」

「わかりません」

「わからない？」

「はい。一度しか会っていないので」

「一度会っただけで、質入れを頼まれたのか」

「はい。手間賃をくれるというので」

「いくらもらった？」

「一両です」

「なに、一両？　質入れするだけで一両をくれたのか」

「はい」

「で、質札《しちふだ》は？」

「持っています」

「太郎吉は何のために質入れをしたのだ？」

「わかりません」

「その後、太郎吉は？」

「お店に来ません」

太郎吉の話は嘘だと思った。おさちは口止めされているのだ。

「そなたは、あの品物が誰のものか知っているのか」

「太郎吉さんのです」

「違う」

「………」

おさちは俯いた。

「おさちさん。正直に話してくれないか」

「話しています」

「そうか。じつは、あの懐剣は盗品の疑いがある」

「えっ？」

おさちは衝撃を受けたようだ。

「いや、まだご番所から盗品の触書《ふれがき》はまわってきていない。だが、来れば、届けなければならなくなる。だから、その前にそなたと相談しにやって来たのだ」

「………」

おさちはおどおどしだした。

「よいか。見知らぬ者からわけのわからない品物を預かったりすると、あとでとんだ目に遭わぬとも限らない。今後、気をつけることだ」

藤十郎は威《おど》した。

「もし、太郎吉がやって来ることがあったら、あの品物はご番所に届けることになるかもしれないと伝えておくれ」

そう言い、藤十郎はおさちをその場に残し、長屋木戸に向かった。

木戸を出てから、斜交《はすか》いになる絵草子屋《えぞうしや》の横の路地に立ち、長屋木戸を監視した。それほど刻《とき》を経ず、おさちが出て来た。

藤十郎はあとをつける。

おさちは小走りで堺町の芝居茶屋『柳さと』にやって来た。もう、勤めの時間か。藤十郎は当てが外れたかと思ったが、四半刻《しはんとき》（三十分）ほどしておさちが出て来た。

おさちは来た道を戻った。

澤吉に会いに来たのに違いない。おさちと好き合っている男だ。あの懐剣は澤吉からおさちに渡ったものと思える。

澤吉は竹之丞に可愛《かわい》がってもらっていたらしい。竹之丞の近くにいる人間から頼まれたのだろう。

しばらく待ったが澤吉らしき男は出て来ない。あとで、知らせに行くつもりか。だが、澤吉に依頼した人間はある程度絞ることが出来るだろう。

竹之丞の死後、竹之丞の部屋から懐剣を盗むことが出来る人間は竹之丞の近くにいる人間だ。

竹之丞の妻女か。しかし、妻女がどうして懐剣を隠すような真似《まね》をするのか。

ともかく、妻女から話を聞かねばならない。

堺町から長谷川町の竹之丞の家に向かった。

主《あるじ》のいなくなった家はひっそりとしていた。藤十郎は格子戸を開けて訪問を告げた。

女中らしき女が出て来た。

「私は田原町で質屋をやっている万屋藤十郎と申します。竹之丞さんのご妻女にお会いしたい」

「少々、お待ちください」

女中は奥に引っ込んだが、すぐに戻って来た。

「どうぞ、こちらに」

女中の案内で、客間に通された。

三十前後と思える女が待っていた。

「竹之丞の家内のきよです」

藤十郎が腰を下ろすなり、妻女が声をかけてきた。

「突然、押しかけて申し訳ございません」

藤十郎は名乗り、そして竹之丞の死を悼《いた》んでから、

「つかぬことをお伺いいたしますが、大瀬家には家宝の懐剣があると伺っております」

「なぜ、そのことを？」

おきよは顔色を変えた。

「いかがでしょうか」

「はい。我が家の家宝の懐剣はあります」

「その懐剣は、いまこちらにおありですか」

「ええ、ありますが」

「あるのですか」

「はい。どうして、そのようなことを？」

おきよが身を乗り出した。

「だいぶ前になりましたが、私の店に懐剣を持ち込んだ遊び人ふうの男がおりました。なれど、男が持つには不似合いな由緒ありげな竹紋の懐剣。ひょっとして、盗品ではないかと思い、受け取りをお断りいたしました」

藤十郎は偽りの話を述べた。おきよは目を丸くしてきいている。

「その後、大瀬竹之丞を継ぐ者にとって大切な懐剣の話をお聞きしました。ひょっとして、あのとき持ち込まれたものがその懐剣ではないかと思い、念のためにこうしてお訊ねした次第でございます」

「そうですか。それは別物ですね」

おきよは一蹴するように言いながら、

「その男とはどんな？」

と、厳しい顔つきになってきいた。

「さあ、なにぶん、何日も前のことですので、よく覚えておりません」

「そうですか」

おきよが溜め息をついた。

「失礼でございますが、ほんとうに懐剣はおありなのですね」

藤十郎は確かめた。

「はい。竹之丞の葬儀が終わったあと確かめました。懐剣はちゃんといつもの場所に収まっておりました」

「で、今はどこに？」

「ここにあります」

「ここに？」

知久翁は自分が預かっていると言っていた。

「不躾なお願いですが、その懐剣を見せていただくことは出来ませんか」

「いえ。家宝でございます。それはお許しください」

「そうですか」

おきよの様子は妙だ。懐剣は盗まれていないと言いながら、藤十郎の話を気にしている。ほんとうに懐剣はあるのか。

「懐剣はいつもどこに仕舞ってあったのですか」

「寝間の床の間の奥に隠し扉があり、その奥に仕舞っていました」

「そのことを知っているのは？」

「竹之丞以外には私だけです。他にはいません」

「盗人が入っても、隠し扉には気づかれない仕掛けなのですか」

「ええ、気づかれる心配はありません」

「そうですか」

藤十郎はふと思いついたように、

「その隠し扉のことですが、知久翁さんも知らないのですか」

「いえ、当然、知っています。竹之丞が亡くなったあとに隠し扉の中を調べたのは義父から言われたからです」

「そうですか。どうも、お騒がせいたしました。確かに、盗まれたのなら、ご番所に届け出るはずですからね」

「ええ」

奉行所には盗まれたという訴えは出ていない。出ていれば、当然質屋に盗品の触書がまわってくるはずだ。

「私はどうもよけいなことをしてしまったようです。じつは、私はその遊び人のあとをつけてねぐらを調べたのです。しかし、無駄なことをしたようだ。では、これで」

藤十郎は腰を浮かした。

「あの」

遠慮がちに、おきよが声をかけた。

「ちなみに、その男はどこに？」

「駒形堂《こまがたどう》の近くです。では、私はこれで」

藤十郎は立ち上がった。おきよは何か言いたげだったが、口は開かなかった。


竹之丞の家を辞去し、浜町堀を渡る。

おきよの態度は妙だ。懐剣がなくなったことを隠しているとしか思えない。家宝の懐剣がなくなったのに奉行所に届けないのは、なくなったという事実を世間に知られたくなかったからかもしれない。

だが、名跡を継ぐためにも必要なものではないか。なぜ、探そうとしないのか。

前方から懐手に歩いて来る男がいた。京太だ。

京太も藤十郎に気づいて足を止めた。

「これから竹之丞さんの家ですか」

「へえ」

「大瀬家の家宝の懐剣がいまどうなっているか調べてもらえましたか」

「それが、知久翁の旦那が持っていると言ってました」

「確かに、知久翁どのはそう言っていた。ですが、いま竹之丞どのの妻女にきいたところ、あの家にあるということでした」

「そうですか」

あまり、問題にしていないようだ。

「ところで、家宝の懐剣を見たことはありますか」

「へえ、そりゃ、あります。太夫から何度か見せていただきましたから」

「では、物を見れば、家宝の懐剣かどうかわかりますね」

「へえ、わかります」

「そうですか」

「懐剣がどうかしたんですか」

「いや、なんでもない。これから、線香を上げに行くのですか」

「いえ、そうじゃねえんで。ちょっと、変な話を小耳に挟んだんですよ。ですから、そのことを確かめに」

「変な話？」

「いえ、こっちのことで。じゃあ、失礼します」

京太は竹之丞の家に向かった。

藤十郎は迷った。質入れの品物を勝手に土蔵から取り出して調べることは質屋の良心が許さない。

だが、あれが本物の家宝の懐剣かどうかによって事件の様相が変わってくるのだ。さて、どうするか。藤十郎は思案に暮れた。

第四章　後継者

一

吾平は元浜町にある知久翁《おう》の家の客間にいた。

さっきから知久翁は不貞腐《ふてくさ》れたような顔をしている。

「どうしましたえ、黙ってないで、なんとか言ったらどうですかえ」

吾平は口元を歪《ゆが》めて迫った。

「だから、わしには何のことかわからんと言っています」

知久翁は端整な顔を醜く歪めた。

「いいですか。あっしは真実が知りたいだけなんだ。下手人《げしゆにん》は円助以外にない。だから、ほんとうのことを話したって、お縄になるようなことはねえ」

吾平は北叟笑《ほくそえ》みながら、

「あっしだって済んでいる事件をまたほじくり返したくねえ。もういい加減にけりをつけようじゃありませんか」

「けりをつけるも何もない」

「いいかえ。あんたが竹之丞とうまく行っていなかったのはわかっているんだ。ずいぶん、派手に言い合っていたこともあったそうじゃないか」

強情な知久翁に、吾平もいらだってきて口調が激しくなった。

「おまえなんかに四代目大瀬竹之丞の名は荷が重いと言ったそうじゃねえか。ほんとうは妾《めかけ》の子の雪二郎に名跡《みょうせき》を継がせたかった。だから、名を返せと迫った。だが、竹之丞は撥《は》ねつけた」

「ばかばかしい。証拠があるのでございますか」

「あんたが雇った殺し屋はどこの誰だ？」

「殺し屋ですって。そんなものいませんよ、言いがかりです」

「いいか。その殺し屋は円助の無罪を証明するかもしれない男の口を封じたんだ。はっきり言おう。竹之丞を殺《や》ったのは円助じゃねえ。他の人間が殺し屋を使って殺ったんだ」

「そんな恐ろしいことを……わしではない」

「じゃあ、誰だと言うんだ？　そもそも、円助が捕まったのも、おめえが京太を急《せ》かして円助の名を出させたからだ。おめえが黒幕なら、一切の説明がつくんだ」

「出鱈目《でたらめ》です」

知久翁が声を震わせた。

「そうかえ。ところで、家宝の懐剣はどうした？　竹之丞を殺したはいいが、肝心の懐剣がなくちゃ名跡は継がれねえんじゃないのかえ」

「懐剣は形式です。儀式のひとつに過ぎません」

「儀式だとしたら、よけいに必要だ」

「懐剣はあります」

「ほう、どこにあるんだ？」

「私が預かっています」

「いい加減なことを言ってもらっては困る。だったら、見せてもらおうか」

「よろしいでしょう」

「なに？」

吾平は耳を疑った。おこうの話と違う。

知久翁は立ち上がり、奥に引っ込んだ。どういうことだ。頭を巡らしていると、知久翁が戻って来た。

懐剣袋を手にしていた。

「これが、大瀬家の家宝の懐剣です。今まで竹之丞が持っていたもの」

袋から懐剣を取り出した。朱塗りの鞘《さや》だ。

「ご覧になりますか」

懐剣を差し出した。

「いや、いい」

よく考えてみれば、竹之丞を殺すからには懐剣を奪うことも当然考えていたはずだ。

張本人の知久翁が懐剣を持っていたとしても不思議ではない。

ではなぜ、おこうは懐剣がなくなっていると言ったのか。

「じゃあ、これで、ゆくゆくは雪二郎が五代目大瀬竹之丞を継ぐということになるのだな」

「それはこれからの話でございます」

「しかし、雪二郎しかいないんじゃないか」

「まだ、九歳ですが、竹之丞の子どももおりますから」

「確か竹太郎とかいったな」

「はい」

吾平は気弱そうに顔をしかめた。

もし、竹太郎に跡を継がせるなら、吾平が考えた筋書きと違ってくる。このまま何もなければ、いずれ竹太郎が継ぐはずなのだ。今、急いで継がせる必要はない。

知久翁と雪二郎の関係があって、はじめて吾平の考えに説明がつく。

その後、どういう言葉を交わしたのか覚えていないほど、吾平は頭を混乱させながら知久翁の家を辞去した。

外に出ると、陽射《ひざ》しがまぶしい。竹之丞殺しは知久翁の差し金ではなかったのか。だとすると、雪二郎か。

雪二郎と竹之丞は互いに嫌いあっていたという。雪二郎が殺し屋を雇ったのか。その可能性もあるが……。

吾平は長谷川町にある京太の長屋を訪ねた。出かけているかと思ったら、京太は徳利を前に置いて酒を呑《の》んでいた。

「朝からいいご身分だな」

「豪勢じゃねえか」

勝手に土間に入り、吾平は声をかけた。

「迎え酒です。ゆうべ、呑みすぎた」

「違いますぜ。自棄酒《やけざけ》ですよ」

「どうしたんだ?」

「芝居小屋に出入り差し止めになっちまった」

京太が唇をひん曲げた。

「何したんだ?」

「何もしちゃいません。雪二郎が手を回したのに違いねえ。太夫《たゆう》のことを悪く言うから言い返したらこのざまだ」

「何て言ったんだ？」

「太夫のものを横取りしようとしているのかと言ってやった。そしたら、雪二郎の奴《やつ》、青筋を立てて怒りだした」

「なに、竹之丞の何を横取りしようとしていると言うのだ？」

両隣から物音は聞こえてこない。

「雪二郎の家にこっそり出入りをしている女がいたんですよ。『辰巳屋』の内儀《おかみ》さんじゃねえかという噂《うわさ》でした。だから、雪二郎に言ってやったんです。太夫の後援者を横取りするだけじゃなく、竹之丞の名跡も奪おうとしているんじゃねえかと。あんなに怒るのはほんとうのことだからですぜ」

「雪二郎と『辰巳屋』の内儀が出来ていただと？」

「噂です。はっきりしたことはわかりません。でも、雪二郎の家にこっそり出入りをしている女がいたのは間違いありません」

「そうか。もし、それがほんとうなら……」

殺し屋を雇ったのはやはり雪二郎か。雪二郎とおこうがつるんでいるなら説明がつくこともある。

殺し屋の侵入経路だ。やはり、おこうが裏口の鍵を開けておいたのか。だが、殺し屋はおこうを手込めにしようとした……。

吾平がそこまで考えたとき、

「親分。円助の疑いを晴らしてやってくださいな。そうなったら、真犯人は必ず焦りますぜ」

と、京太が訴えるように言った。

「円助の件は難しい」

吾平はわざとらしく顔をしかめた。

「難しいって、どういうことですかえ。なんなら、あっしだってお白州だろうがどこにでも出ますぜ」

京太が訴えた。

「凶器をでっちあげた松之助が殺されちまったことが大きい。嘘だと証言するものがいなくなってしまったんだ」

「でも、凶器は現場にあったんですぜ」

「おこうは否定している。おめえの錯覚ではないかと」

「この目で見たんだ」

「残念だが、現場に刃物があったという証拠はねえ」

「でも、あっしはこの目で」

「おこうは否定している。袖摺稲荷から匕首《あいくち》が見つかったんだ。どちらが正しいか、言うまでもないだろう」

「そんな。じゃあ、円助はこのまま……」

「まあ、頑張ってみるが、その可能性は高いだろう」

吾平は平然と言う。

「そんな。じゃあ、真犯人はのうのうとお天道様《てんとさま》の下を歩いていけるってことですかえ」

「いや、必ず真犯人は見つけてみせるぜ」

見つけるが、捕まえることは出来ない。吾平は金になればいいのだ。そのために真相を探りたいだけだった。

だが、頭は混乱していた。雪二郎とおこうがつるんで、竹之丞を殺したのか。

そんなことを考えながら人形町通り《にんぎょうちょうどお》を歩いていると、小者《こもの》を連れた近田征四郎と出会った。喜蔵もいっしょだった。

「吾平。探したぜ。どこに行っていたんだ?」

征四郎が近寄って来た。

「へえ、ちょっと京太のところに」

「京太がどうかしたのか」

「いえ、たいしたことじゃねえんで。それより、旦那《だんな》、あっしに何か」

「例の松之助殺しだ」

「松之助？」

瞬間、脇腹《わきばら》に匕首を突き当てられたことを思いだした。

「じつは松之助が殺された日の夜、駒形堂の近くで猿回しの角吉《すみきち》という男が目撃されているんだ」

「………」

「角吉を調べるんだ」

「角吉を、ですかえ」

「どうした？」

「角吉は違いますぜ」

「どうしてだ？」

「円助の怨《うら》みを晴らしたってわけですかえ。まだ、円助はご詮議《せんぎ》の最中ですぜ。そんなときに仲間の仇《かたき》を打とうとするでしょうか」

「松之助の証言によって、円助の罪がはっきりしたんだ。だから、松之助を恨んでいたことは十分に考えられる」

「旦那」

吾平は征四郎の言葉を遮った。

「どう考えても、違いますぜ」

「どうして、そう言い切れるのだ？」

下手人に威《おど》されたとは言えない。

「松之助が殺されたのは、円助の件と別だと思います」

「だから、どうして、そう言えるのだ？」

「松之助は博打《ばくち》でかなり借金をしていたようです。賭場《とば》での揉《も》め事《ごと》のせいじゃねえかとにらんでるんですよ」

征四郎は、松之助が藤十郎に痛めつけられたことを知らない。吾平が隠しているからだが、これ以上、松之助のことを調べられるとこっちにも飛び火しそうだ。

「旦那。松之助はやくざな男です。揉め事をたくさん抱えていました。そっちの線を調べたほうがいいと思いますぜ。それに、へたに角吉を調べたら、猿回しの仲間が何かしでかさないとも限りません」

「吾平」

征四郎が真顔になった。

「おめえ、俺《おれ》に何か隠していることはないか」

「いえ、どうしてですかえ」

「最近、ひとりで動き回っているようではないか」

「いや、そうじゃありません」

喜蔵が征四郎にこぼしたのか。

「まあ、いい。松之助のほうを頼んだぜ」

そう言い捨てて、征四郎は小者を引き連れ、離れて行った。

喜蔵が残った。

「親分」

喜蔵がばつの悪そうな顔をした。

「ひとりでいるところを近田の旦那に見つかってしまいました」

「仕方ねえ」

「親分。松之助の賭場仲間をさぐってみますかえ」

「いや、いい」

「えっ？」

「そんなところに下手人はいねえ。いるとすれば、雪二郎の周辺だ」

吾平は雪二郎に疑いの目を向けた。ただ、気になることがあった。懐剣だ。太夫が亡くなったあと、懐剣が行方不明になっているとおこうが言っていたのだ。どうして、おこうはそう思ったのか、そのことを確かめようと思った。

「『市村座』に行って、役者仲間や小屋の人間に雪二郎のことを聞き込んでくるんだ。なんでもいい」

「へい」

喜蔵が走って行った。

吾平は小伝馬町の『辰巳屋』に向かった。

店先にいた番頭に訊《たず》ねると、おこうは外出したばかりだという。ちっと舌打ちし、出直すことにした。

その夜、回向院裏のおつたの家に行くと、辰三が来ていた。

「どうしたんだ？」

辰三は、ほとぼりが冷めるまで、本郷にいる知り合いに厄介になると言って出かけたはずだ。

「へえ、厄介になっているのも肩身が狭いので出て来てしまいました」

「しょうがねえな。あまりうろつくな」

吾平は渋い顔で言う。

辰三の名を藤十郎は聞いている。あの男のことだ。松之助の周辺を探っていけば辰三の身元などたやすく突き止めるだろう。

「万が一、万屋藤十郎に捕まっても、凶器の件を松之助に依頼したことは絶対に喋《しやべ》るな。いいな」

「それはだいじょうぶです」

辰三は言ってから、

「でも、松之助はどうしてあんなことになっちまったんですかね。いったい、誰が……」

と、やりきれないように言う。

「松之助は藤十郎に問いつめられたんだ。松之助がほんとのことを白状するのを恐れた人間が口封じに殺《や》ったんだ。いいか、おめえも気をつけろ」

辰三は息を呑んだ。

「いってえ、誰なんですかえ」

「はっきりとはわからねえ。だが、今、怪しいと思うのは雪二郎と『辰巳屋』のおこうだ。まあ、じっくり調べてやる」

明日、おこうに探りを入れてみるつもりだった。匕首の件も気になる。もし、おこうが事件に絡んでいたら、一生貪《むさぼ》ってやると、吾平は口元を歪めた。

二

翌朝、小伝馬町の牢屋敷《ろうやしき》から数珠《じゅず》つなぎになった囚人が奉行所の同心に引きつれられて出て来た。吟味与力《ぎんみよりき》の詮議を受けるために、奉行所に向かうのだ。

藤十郎は通りの端に立ち、行きすぎる囚人の一行を見送る。十数名いる囚人の中ほどに円助の姿があった。

「円助さん、窶《やつ》れたようですね」

おつゆが痛ましげに言う。

「うむ。無理もない」

円助はだいぶ憔悴《しょうすい》している。事件が起きた夜、一体どこに行っていたのか、円助はなぜ口にしようとしないのか。言えない場所なのか。それとも、言うことによって誰かに迷惑がかかるからなのか。

「その後、円助の行き場所で何かわかったか」

「はい。ふた月ほど前から、円助さんの姿が目撃されている場所がありました。焼物師の家の近くです。でも、なぜ、そこなのか、わかりません」

円助が藤十郎に気づき、軽く会釈をした。駆け寄りたい気持ちを押さえ、藤十郎は一行を見送った。

「藤十郎さま。あそこ」

おつゆが指で示したほうに目をやる。

数人の男たちが集まっていた。

「猿回しの仲間だ。おや、中心にいる男は見たことがある。高崎《たかさき》のほうの小頭《こがしら》だ」

「弾左衛門さまの屋敷に関八州の小頭たちが集まっているようです」

円助の様子を見にきたらしい。殺気だっていることが遠目にもうかがえる。

「危険だ」

藤十郎は胸を痛めた。

もし、円助に有罪の裁きが下ったら、奉行所か牢屋敷を襲撃するつもりなのか。

「どうして、ここまで大きくなってしまったのだ」

やはり、何者かが騒ぎを大きくしているとしか考えられない。

「おつゆ。裏鴻池の手は弾左衛門さまの配下にも伸びているのかもしれぬ」

「えっ」

おつゆが息を呑むのがわかった。

岡っ引きの吾平が凶器の不正の件を訴え出た様子はない。このままでは、あと一度か二度で詮議が終わるかもしれない。あとはお奉行のお白州での調べがあるが、ほとんど吟味与力の調べを追従するだけだ。

吾平が円助の無実を明かすために動こうとしないのなら、同心の近田征四郎に会う以外にない。

藤十郎はそう自分に言い聞かせた。

一行が去ってから、弾左衛門配下の者も引き上げた。

「おつゆ。今夜、円助が目撃されていた場所に行ってみよう」

「はい」

おつゆと別れ、藤十郎はこの先にある『辰巳屋』に向かった。内儀のおこうに確かめたいことがあった。

『辰巳屋』の前で、岡っ引きの吾平を見かけた。

藤十郎は吾平に声をかけた。

「親分」

吾平が立ち止まった。

「誰でえ」

「私だ」

振り返った吾平があっと叫んだ。

「なんでえ、何か用か」

警戒するようにきいた。

「ちょうどよいところで会いました。ここでは話が出来ません。人気のないところに」

強引に誘い、牢屋敷の裏手の空き地に行った。

「いま、円助がご番所に向かいました。で、例の凶器の件は報告したのですか」

藤十郎は改めてきいた。

「いや。まだだ」

「まだ？」

「いや、もう少し調べてからでないと」

吾平はあわてて答える。

「何を調べるのだ？　松之助が凶器をでっちあげたと報告すればいいだけの話だ」

藤十郎は覚えず語気を荒らげた。

「………」

「親分。もし、親分にその気がないなら、こっちにも考えがある」

「考えだと？」

吾平がはっとしたような顔をする。

「親分が動こうとしないのは、近田どのがそのような考えだからであろう。まず、近田どのに訴え、それでも埒《らち》が明かなければ、お奉行に訴えるか、御徒目付《おかちめつけ》に訴えるか。もはや、そこまで切迫している」

「ふん。そこまで出来るのかどうかやってみな」

吾平が開き直った。

「わかった。そうしよう。この前も申したように、場合によっては近田どのと親分は無事ではすまなくなる。そのことを避けたいと思い、親分に期待をしたのだが、いたしかたない」

「…………」

「親分は私のことをいろいろ調べているから知っておろう。『万屋』に旗本の用人《ようにん》が出入りをしている」

「だから、なんだ？」

「当然、御徒目付もいるということだ。そのことを承知しておればよい」

吾平の顔が青ざめたのがわかった。

「親分。それから、松之助は辰三から頼まれたと打ち明けた。その辰三のことも調べてある」

「…………」

「辰三は、回向院裏に住む音曲の師匠おつたの兄だ。その辰三を問いただせば、誰がこの張本人か明らかになるだろう。しかし誰が首謀者か、明らかにすることは目的ではない。円助の疑いを晴らすことが第一だ」

そう言い、藤十郎は踵《きびす》を返した。

「待て」

吾平が呼び止めた。

「違うんだ」

吾平があわてて言う。

「何が違うんだ?」

藤十郎は吾平に迫った。

吾平は苦しげな顔で、

「俺は……」

と言いかけて、また口をつぐんだ。

「どうした?」

「ええい、ちくしょう。こうなったら、はっきり言う。俺は威されたんだ」

「威された?」

「そうだ。信じないかもしれないが、松之助の行方がわからなくなった翌日、俺はいきなり背後から横っ腹に匕首を突き付けられた」

吾平は真剣な眼差しで訴える。

「相手はこう言った。松之助は始末した。このまま突き進めと」

「円助を下手人に仕立てろという意味か」

「そうだ。そうしなければ、突き刺すと。ほんとうだ。信じてくれ。情けない話だが、俺は真底恐ろしかった」

吾平の表情は強張《こわば》っている。

「だから、円助を助けるような真似《まね》は出来なかったんだ」

「そのことを、近田どのに話したのか」

「いや、話してない」

「なぜ、話さなかった？」

「信じてもらえないだろうから。おまえさんだって、信じないだろう？」

「いや、信じよう」

「信じる？」

吾平が不思議そうな顔をした。

「ああ、信じる」

藤十郎は吾平がそこまで嘘《うそ》をつく必要がないと思ったと同時に、そこに裏鴻池の暗躍を見た。

「だから、俺は円助の疑いを晴らすには、真犯人をあぶりだすしかないと思って、事件をもう一度調べ直した。そして、雪二郎が殺し屋を雇って竹之丞を殺したのではないかと考えたんだ」

「なぜ、雪二郎が？」

「雪二郎と竹之丞はうまくいっていなかったそうだ。それに、雪二郎は『辰巳屋』の内儀おこうと出来ているらしい。つまり、竹之丞の支援者を横取りしたってことだ。さらに、大瀬竹之丞の名跡をも手に入れようとした」

「なるほど。で、これから『辰巳屋』に行って、そのことを問いつめるつもりなのか」

「いや。証拠がねえ。だから、とぼけられるだけだ。ただ、大瀬家の家宝の懐剣のことを確かめに行くところだ」

「懐剣がどうかしたのか」

「おこうが、竹之丞の死んだあと、懐剣がなくなったはずだと言っていた。だが、知久翁のところに懐剣はあった。なぜ、おこうが懐剣がなくなったと言ったのか、そのことを確かめようと思ってな」

「おこうは懐剣がなくなっていると言ったのか」

やはり、質入れの品物は家宝の懐剣ではないのか。知久翁のところにあるというのは替わりのものかもしれない。紛失したために、新たに用意したのだ。

「懐剣は二本あったとは考えられんか」

藤十郎は言う。

「二本？」

「一本は本物だ。そして、万が一に備え、もう一本用意してあった。そう考えると合点がいくこともある。あくまでも偽物だが」

「なるほど」

「問題は、なぜおこうは懐剣がなくなっていることを知っていたのかだ」

まず、質入れの懐剣が本物かどうか調べる必要があった。

「親分、これから『万屋』に来ていただけまいか」

「『万屋』に？」

「立ち合っていただきたいことがある。それから、京太を連れて来ていただきたい」

藤十郎の気迫に圧倒されたのか、吾平は素直に請け負った。

吾平が長谷川町に向かってから、藤十郎も浜町堀沿いにある高砂町を目指した。

幸之助店に入り、おさちの家に向かった。

一刻《いっとき》（二時間）後、田原町の『万屋』に、吾平と京太、それにおさちが集まっていた。

「おさちさん。あなたが質入れをした品物をここで開いてみます。よろしいでしょうか」

藤十郎は怯《おび》えているおさちに言う。

「はい」

おさちはこっくりと頷《うなず》いた。

「敏八」

藤十郎は声をかける。

「はい」

敏八は土蔵に向かった。

「京太さん。家宝の懐剣はどのような懐剣袋に入っていたか覚えていますか」

「へえ。綴《つづ》れ織《お》りの袋です」

「懐剣に特徴は？」

「柄《つか》に見事な龍の彫り物がありました。それから、竹紋が入ってました」

やがて、敏八が戻って来た。

藤十郎はそれを受け取り、目の前に置くと、紐《ひも》を解《ほど》き、桐《きり》の箱から懐剣を取り出した。

綴れ織りの懐剣袋に収まっている。

おおと、吾平が声を上げた。京太も目を見張っている。

藤十郎は袋から懐剣を取り出す。長さは八寸三分（約二十五センチ）ほどだ。鞘に金糸《きんし》
下緒《さげお》。柄に龍の彫り物があるのを見て、京太は声を上げた。

「京太さん。確かめてください」

藤十郎は懐剣を京太に渡した。

持った瞬間の重みを確かめてから、

「間違いありません。私が太夫から見せてもらったものです」

「いってえ、これはどういうことなんでえ」

　吾平がおさちにきいた。

「おさちさん。これは、澤吉さんから頼まれてここに質入れにやって来たのではありませんか」

　藤十郎がきく。

「はい」

　おさちは小さくなって答えた。

「澤吉さんが誰に頼まれたのか知っていますね」

「…………」

「口止めされているのですね。では、私から言いましょう。『辰巳屋』の内儀さんではありませんか」

　おさちの体がぴくりと動いた。

「やはり、そうですか」

「『辰巳屋』の内儀さんですって」

　京太が声を裏返らせた。

「だって、『辰巳屋』の内儀さんが太夫の家から懐剣を持ちだすなんて無理です。それに、そんなことをする理由はありませんぜ」

「そうだ。なぜ、おこうがそんな真似をするのか」

吾平も不思議そうにきいた。

「あとは、おこうさんにききましょう。吾平親分、おこうさんに会えるように段取りをとっていただけますか」

「わかった。すぐ手配しよう」

「おさちさんは今日のことを澤吉さんに話して結構です。おそらく、澤吉さんは『辰巳屋』に駆け込むでしょう。それでも構いません」

藤十郎は言った。


その夜、藤十郎はおつゆといっしょに今戸橋を渡った。

「藤十郎さまのお見立てどおり、今戸町《いまどちょう》の焼物師弥兵衛《やへえ》のところを、何度か円助さんが訪れているのがわかりました」

円助が訪ねて行く場所があるのではないかと思って、おつゆに調べさせたのだ。

今戸から橋場にかけての川沿いには瓦師《かわらし》や焼物師が多い。作業場には瓦が積まれ、七輪や火消壺《ひけしつぼ》、焙烙《ほうろく》、火鉢などを焼き、さらには狸《たぬき》や月見兎《つきみうさぎ》などの土人形も焼いている。

「あそこが焼物師弥兵衛の家です。表通りに面して、土産物《みやげもの》の土人形も売っています」

おつゆとともに弥兵衛の作業場にやって来た。敷地は低い塀で囲まれているが、入り込むことは簡単だ。

「囲いはあってないようなものですから」

「円助が夜《よ》な夜《よ》な瓦を見に来たとは思えぬ」

「はい」

塀の近くに立つと、母屋の縁側が望めた。そこに、年配の婦人が孫らしい子どもを膝に抱いているのが見えた。

「仕合わせそうな光景だ」

藤十郎はつぶやく。

「はい、とても」

おつゆも口元を綻ばせた。

しばらく眺めていたが、

「戻ろう」

と、藤十郎は言った。

来た道を戻り、再び今戸橋を渡り、浅草山之宿町の大川べりにある料理屋『川藤』の暖簾《のれん》をくぐった。

二階の小部屋に上がる。

「円助は、あの光景をこっそり見ていたのかもしれない。家族の味を知らない円助はあの家族を見て自分の心を癒《いや》していたのではないか」

酒を酌み交わしながら、藤十郎は円助に思いを馳《は》せた。

「はい。私もそんな気がします。でも、そんなことは調べの場で言えません。また、言っても、信用してもらえないでしょうし、円助さんの気持ちをわかってくれる人間がどのくらいいるでしょうか」

おつゆはさびしそうに言う。

「そうだな」

藤十郎は気になっていることがある。鴻池本家の末娘おそののことだ。父親から、何か聞いているだろう。だが、おつゆはそのことに触れようとしなかった。

「円助さんは無罪になりそうですか」

「だいじょうぶだ。ただ、へたに動くと、吾平親分も傷を負う。世間から蝮《まむし》のように嫌われ、私のところにもいろいろ難癖をつけてくる厄介な男だ。今度の事件にしても、真犯人を見つけて金にしようという意地汚い魂胆が見え隠れする。だが、あの男はうまく使えば役に立つ男だ」

「味方につくでしょうか」

「いや、己の利益しか考えぬ男だ。だが、あの男の弱みを握った。そのことで、吾平を従わせるつもりだ」

「どうして、そこまで？　ひょっとして鴻池とのことに備えてでしょうか」

「そうだ。鴻池は吾平を背後ですでに操っている。吾平を利用すれば、鴻池の動きを知ることが出来るやもしれぬ」

藤十郎はさらに言葉を継いだ。

「松之助を殺したのは裏鴻池の手の者に違いない。裏鴻池は竹之丞殺しを知ってから、この事件に乗り出してきた」

「何のためにでしょうか」

「わからぬ。だが、私がこの事件に乗り出したことを利用して、私の技量を推し量ろうとしているのかもしれない。あるいは、『大和屋』の力をか」

なぜ、裏鴻池が乗り出してきたのか。いろいろ、理由を考えてきた。

弾左衛門と歌舞伎役者《かぶきやくしゃ》との対立を煽《あお》る狙《ねら》いも考えられるが、それによって裏鴻池にどんな利益があるのか。あるいは、奉行所と対立させようとしているのか。しかし、奉行所と弾左衛門は微妙な関係でつながっている。そして、なにより大きいのは『大和屋』がでんと構えていることだ。

『大和屋』がいる限り、弾左衛門と奉行所が決定的に対立するような事態にはならない。

そのことは裏鴻池は当然知っていよう。

「おつゆ」

藤十郎は気持ちを切り換えて、

「近々、円助の件も片づくはずだ。ゆっくり、花の名所でも散策しようではないか」

「はい。うれしゅうございます」

おつゆは顔を綻ばせた。

「綱次郎はそなたに何か言ったか」

思いついて、藤十郎はきいた。

「何かとは？」

「いや、何もなければいい」

鴻池本家の末娘おそのとの語らいを、綱次郎は障子の陰から見ていた。綱次郎は『大和屋』の忠実な番頭格の男だ。『大和屋』のためなら自分をも犠牲に出来る。そのことがかえって厄介だった。

おつゆが盃《さかずき》を置いた。

「どうしたのだ？」

「少し酔いがまわってまいりました」

頬を染めたおつゆが藤十郎をじっと見つめた。いつにない瞳《ひとみ》の輝きだ。

「藤十郎さま。抱いてください」

おつゆが激しく迫ってきた。

「おつゆ、どうかしたのか」

「いいえ、どうもいたしません。私は藤十郎さまが……」

自ら唇を求めてきたおつゆに、言い知れぬ不安を抱きながら、いつしか藤十郎も欲望を押さえきれず、激しくおつゆを求めていった。

三

翌日の夕方、藤十郎が今戸にある『辰巳屋』の別宅に行くと、すでに吾平と京太が来ていた。

話し合いの場所をここにしたおこうの真意がなんなのか、想像するしかない。自信の現れか、それとも観念なのか。

居間に、おこうと対峙《たいじ》するように、藤十郎、吾平、京太の三人が思い思いに座った。

開け放たれた庭から西陽が射し込んでいた。

おこうの顔がやや強張っているように見える。

「すまないな。時間を作ってもらって。じつは、内儀さんに話をききたいという万屋藤十郎さんのたっての頼みでな」

吾平が切り出した。

「別に構いやしませんよ。なんなりと、おききくださいな」

おこうが藤十郎に目を向けた。

「内儀さんは竹之丞さんとはいつからの付き合いでしたか」

藤十郎は切り出した。

「五年前に、太夫が四代目竹之丞を継いだとき、私も贔屓《ひいき》になりました。それまでの女形は古風でした。常に男の陰に立っている。そういう押さえた美しさはそれなりに見応《みごた》えはありましたが、太夫にはそれまでの女形の殻を破った新しい何かがあったのです。私はたちまち魅了されました」

おこうは熱く語る。

「不躾《ぶしつけ》な質問で恐縮ですが、深い関係になったのはいつごろからですか」

「二年前ぐらいかしら。主人が倒れたあとですから」

「ここで会うようになったのですか」

「ええ、ここのほうが誰に気兼ねもありませんから」

「内儀さんと竹之丞さんがつきあっていることを知っていたのは誰ですか」

「さあ、太夫に近いひとは薄々気づいていたんじゃないかしら」

「近いひとと言いますと。具体的には知久翁さん？」

「ええ。それから、太夫の弟子の千太郎さん。雪二郎さんも知っていたでしょうね」

「竹之丞さんの妻女どのは？」

「さあ、知っていたかもしれません」

「どうして、そう思われるのですか」

「どうせ、誰かが告げ口をするでしょう。でも、『辰巳屋』は有力な後援者ですから何も言えなかったんだと思いますよ。お金はかなり出していますからね」

「竹之丞さんの夫婦仲はいかがでしたか」

「さあ、うまくいっていたとは言えないでしょうね」

「そうですか」

藤十郎は頷いてから、

「雪二郎さんとはどうだったのでしょうか」

「太夫は雪二郎さんを嫌っていました」

「嫌っていた？」

「はい。知久翁さんは先妻である太夫の母親が亡くなると、すぐ妾だった雪二郎さんの母親を後添いに迎え入れたのですからね」

「では、自分の父親の知久翁さんともしっくりいっていなかった？」

「ええ」

「当然、雪二郎さんのほうも竹之丞さんのことをよく思っていなかったのでしょうね」

「ええ、陰ではお互いに罵っていたんじゃないかしら」

吾平と京太はやりとりを黙って聞いている。

「知久翁さんはどちらを可愛がっていたんでしょう？」

「それは当然、雪二郎さんですよ」

「では、いずれは五代目大瀬竹之丞を雪二郎さんに継がせようとしていたんでしょうね」

おこうは苦い顔をして、

「そうだと思います」

「その気持ちを、竹之丞さんも気づいていたんですか」

「気づいていたも何も、知久翁さんからはっきり言われたそうです」

「何をですか」

「大瀬竹之丞を雪二郎さんに継がせたいと、はっきり」

「ということは、引退を迫ったということですか」

「いいえ、引退ではありません。名前を返上しろということです」

「ずいぶん無茶ではありませんか」

「ええ」

「それはいつごろのことですか」

「半年前です」

「大坂から帰ったあとですね」

「はい」

「それにしても、知久翁さんも露骨ですね。竹之丞さんに名前を返上させ、雪二郎さんに継がせようとは」

「知久翁さんなりに考えがあってのことのようでした。このままでは、あと何十年か後には息子の竹太郎さんが五代目竹之丞を継ぐようになります。どうしても、雪二郎さんに名跡を継がせたい知久翁さんが考えたことが、太夫に名前を返上させ、雪二郎さんに五代目を継がせ、そのあとの六代目を竹太郎さんに継がす。そういう考えを出したそうです。でも、太夫は断りました」

　おこうは憤慨したように続ける。

「その約束が守られる保証がないからです。雪二郎さんに子どもができたら、あとを竹太郎さんが継ぐという約束など簡単に破られる。だから、太夫は蹴ったのです」

「待ってください」

　藤十郎はおこうの言葉を制した。

「いまのお話ですと、息子の竹太郎さんが六代目を継げるなら竹之丞さんは提案を受け入れてもいいと考えていたように聞こえましたが？」

「そのとおりです」

「竹之丞さんは名前には執着がなかったんですか」

「そうだと思います」

一瞬間を置いてから、おこうは答えた。

「なぜ、ですか。いえ、そもそもなぜ、知久翁さんは名前の返上を迫ったのですか」

「それは……」

おこうは言いよどんだ。

「ひょっとして、芸のことで？」

「はい。太夫は芸に行き詰まっていたんです。素人《しろうと》の私にはわかりませんが、玄人《くろうと》の目から見て。太夫は伸び悩んでいると思われていたようです」

「伸び悩み？」

藤十郎はここではじめて京太に目を向けた。

「そうだったのですか」

「ええ。でも、それは誰にもある一時的な停滞ですよ。それを太夫は深刻に悩んでいたようです」

「批判は、竹之丞さんの耳にも入ってきたんですか」

「ええ。雪二郎さんなんか陰ではさんざんに言ってました」

京太は悔しそうに言った。

「竹之丞さんは自信を失《な》くしていたんですね」

「そうです」

「ひょっとして、大坂で何かあったのではありませんか」

竹之丞は大坂に招かれ、上方《かみがた》歌舞伎《かぶき》の大看板片倉仁右衛門と共演をしている。以前に、京太が言っていた。大坂から帰ってから竹之丞の芸は荒れていたと。

「内儀さん。何か聞いていませんか」

おこうは苦しそうに顔を歪めた。

「藤十郎さん。いったい、おまえさんは何が言いたいんですかえ。太夫を殺した下手人は円助さんじゃないと思っているそうですが、では誰なのか、おまえさんは見当がついているんですかえ」

おこうは反撃するように言う。

「もちろん。見当はついています」

「なんですって」

おこうの顔色が変わった。

「内儀さん。大坂で何があったのか、教えていただけませんか」

藤十郎はおこうの顔を見つめた。おこうも視線を受けとめていたが、やがて目を逸《そ》らし溜《た》め息《いき》をついた。

「わかりました。お話をしましょう」

おこうは険しい表情で切り出した。

「太夫は大坂に半年間おりました。演《だ》し物《もの》は近松門左衛門《ちかまつもんざえもん》の『冥途《めいど》の飛脚《ひきゃく》』。片倉仁右衛門の忠兵衛《ちゅうべえ》に、太夫の梅川《うめがわ》。大坂でも好評だったそうです。ところが、『本朝廿四孝《ほんちょうにじゅうしこう》』の八重垣姫が不評だったそうです。品がなく、とうてい長尾謙信《ながおけんしん》の娘の八重垣姫には見えないと」

うっと呻《うめ》いたのは、京太だった。

おこうはちらっと京太に冷たい目を向けて、

「大坂から帰って来た太夫はまったく芸に自信を失っていました。そのあと、江戸に帰ってから『助六』の揚巻を演じたのですが、さんざんの評価でした」

「そんなことがあって、知久翁さんは大瀬竹之丞の名を返上しろと迫ったのですか」

「はい。竹之丞の名を汚すなと、かなり強い口調だったそうです。太夫は塞《ふさ》ぎ込むことが多くなりました」

「なるほど」

藤十郎は頷いてから、

「京太さん」

と、声をかけた。

「今の話を聞いて、どう思いましたか」

「へえ、いちいち腑《ふ》に落ちます。大坂から帰ってから、太夫は酒の量が増えました」

「そうですか」

藤十郎はふと疑問を持った。

「京太さん。竹之丞さんが大坂から帰ってから芸が荒れだしたと言ってましたね」

「ええ。そうです。今、内儀さんが仰《おつしや》ったとおりです」

「大坂では梅川が評判はよく、八重垣姫は不評だったと言いますね。まるで、初代大瀬竹之丞の逸話と同じではありませんか」

「へえ」

「以前はどうだったのですか。四代目を継いだ当時です。そのころから、姫君の演技がまずかったのですか」

藤十郎はきいた。

「いえ、そんなことはありません」

京太は強い口調で否定した。

「太夫は八重垣姫だって演じています。江戸では評判でした。さすが、大瀬竹之丞だと絶讃《ぜつさん》されました。太夫は内面の演技が出来るという評価でした。大坂の客がおかしいんですよ。大坂の客に、太夫の八重垣姫のよさが理解出来なかったんだ」

京太は悔しそうに言う。

「大坂から帰ってから竹之丞さんの芸が荒れたと京太さんは仰っていますが、内儀さんもそう思いますか」

「はい。私はずっと太夫の舞台を見ていますが、姫君だろうと町娘だろうと花魁《おいらん》だろうと見事に演じておられます。決して、大瀬竹之丞の名に恥じるような芸ではありませんでした」

「そうですか」

「お言葉ですが」

ずっと黙っていた吾平が辛抱出来ないというように口を挟んだ。

「芸談をなさっていますが、そんなことより、いったい誰が竹之丞を殺したのか、そのことをはっきりさせていただけませんかえ」

「親分の言うこともっともです」

藤十郎は素直に頷き、

「内儀さん。お話しいただけますか」

と、おこうに声をかけた。

「話にも何も、賊が突然押し入って太夫を刺し、私を手込めにしようとしたんです。私は必死に抵抗しました」

「内儀さん。そのことに間違いないのですか」

「間違いありません」

おこうはきっぱりと言う。

「京太さん。あなたが駆けつけたときの印象を正直に話していただけますか」

「ええ。あっしが駆けつけたとき、内儀さんは呆然《ぼうぜん》と立ち尽くしていました。髪を乱し、着物も崩れ、まるで争ったあとのようで、声をかけても反応がありませんでした」

「太夫が殺された上に、手込めにされかかったんです。お察しください」

おこうは言い訳をする。

「あとで聞いて、そうだったのかと思いましたが、あっしは内儀さんが太夫を殺したのではないかと一瞬思いました」

「なぜ、そう思ったんでしょうか」

藤十郎は確かめるようにきく。

「乱れた姿が異常だったからです」

「それだけですか」

「それだけ？　あっ、そうです。長火鉢の陰に刃物が落ちていたんです。切っ先に血がついていたようでした」

「刃物を見たのですね」

「ええ、見ました」

「何かの間違いですよ。勘違いなさっているんじゃないですか」

おこうが切り捨てるように言う。

「いや、違う。この目で確かに見た」

京太は引き下がらなかった。

「京太さんの言うように刃物が落ちていたら、その刃物はどこに行ったんでしょうか」

「内儀さんがどこかに処分したんじゃありませんか」

京太が言う。

「なぜ？」

藤十郎がきいた。

「それは自分の犯行を隠すためです」

京太は答える。

「ばかばかしい」

鼻で嗤《わら》ってから、

「どうして私が太夫を殺さなければならないんですか」

と、おこうは口元を歪めた。

「内儀さんは太夫を見限り、雪二郎さんに乗り換えたんじゃないですか。太夫がいなくなれば、雪二郎さんの道が開けるからです」

「いい加減なことを言わないでちょうだい」

おこうが静かにたしなめた。

「万屋さんだって、そんなこと、信じちゃいませんよ」

「そうだ。内儀さんは下手人ではない」

藤十郎ははっきり言う。

「じゃあ、誰なんですかえ。あの刃物はどうしたって言うんですかえ」

京太が夢中で反論する。

「あの刃物は内儀さんが片づけた。そうではありませんか」

藤十郎がおこうに迫る。

「どうして、そう思うのですか」

「あなたは、その始末を堺町にある芝居茶屋『柳さと』の澤吉という男衆に頼んだ。違いますか」

「…………」

「そうなんですね」

藤十郎は懐から質草の懐剣を取り出した。

「これが、内儀さんが澤吉に頼んだものです。いかがですか」

「それは……」

おこうはうろたえた。

「そうです。家宝の懐剣は内儀さんが隠したんです。その隠し場所を私の店にした。そうですね」

「でも、どうして内儀さんが懐剣を？」

吾平が不思議そうにきいた。

「そうだ。この懐剣は太夫の家のどこかに仕舞われていて、誰も隠し場所は知らないはずです。ましてや、内儀さんは太夫の家に入ったことはないんです。懐剣の在《あ》り処《か》がわかるはずありません」

京太が疑問を投げかけた。

「今のことは内儀さんが説明してくれます。いかがですか」

もう逃げきれませんよという意味を込めて、藤十郎はおこうを見つめた。

「『万屋』さんに預ければ安心だと思っていたのですが、なんだか裏切られた思いがします」

おこうが痛烈に言う。

「申し訳ございません。質草を取り出すことに忸怩《じくじ》たる思いがしましたが、無実の人間の命がかかっていることを考えればやむを得なかったのです。それに、もし、竹之丞さんの本宅から盗難届が出されたなら、当然、私のほうとしても差し出さないわけにはいかなくなりますから」

「あなたは、すべてをお見通しのようですね」

「いえ、すべてではありません。まだ、わからないことがあります。それを探るためにも、あの夜、ここで何が起きたのか、ほんとうのことを教えていただきたいのです」

「仕方ありません」

おこうは深い溜め息をついた。

いよいよ、おこうが真実を語りはじめる。そんな緊張感に包まれ、吾平や京太が居住まいを正した。

四

「あの夜、太夫はいつもと様子が違っていました」

おこうが語りだした。

「顔は青ざめ、声をかけても生返事ばかり。私はすぐ、また知久翁さんから何か言われたのだと思いました。とにかく、大坂から帰って来た太夫は別人のように自信をなくしていました。そんな様子は芸に出ます。去年暮れの顔見世狂言《かおみせきょうげん》でも、動きや台詞《せりふ》に切れがなく、芝居はめろめろでした。でも、それは芝居がわかる人間が気づくことで、素人にはそのまま通用しました。けれど、今春の『森田座』の芝居もさんざんでした。もう、その頃から太夫は心の病に罹《かか》っていたのだと思います」

ときおり、おこうは涙ぐみながら続けた。

「『森田座』の千秋楽の三日後、ここで太夫は言いました。知久翁さんから、四代目大瀬竹之丞の名を返上しろと。引退するか、別の名前で役者を続けるかは、本人の気持ちに任せるが、これ以上、四代目大瀬竹之丞の名を負うことは許さないと言われたそうです。そのとき、倅《せがれ》竹太郎に無事名前を渡すまでは、今のままで頑張ると主張したそうです。五代目を雪二郎さんに、六代目を竹太郎さんに継がせるという知久翁さんの考えを、太夫は信用出来ないと怒っていました。でも、日増しに、太夫への風当たりは強くなっていったのです」

おこうは痛ましげな表情で続けた。

「そして、あの夜、いつもと違う太夫の様子に何か不吉なものを感じました。昼間、知久翁さんからまた名前の返上を迫られたので、竹太郎に直《じか》に継がせるなら今すぐに返上する。だが、いったん雪二郎に渡すのは承服出来ないと言ったそうです。でも、知久翁さんはあくまでも雪二郎さんに名跡を渡すまで引き下がらないと言い返したそうです。太夫はかなり追い詰められていたようでした」

おこうは大きく深呼吸をして、

「あの日、太夫は覚悟を決めてここにやって来ていました。夜になって、俺はもう生きてはいられないと言い、太夫がいきなり家を出ていこうとしました。近くの寺に初代竹之丞のお墓があります。そこで死のうとしたのです。ばかな真似をしないでと、あわてて引き止めました。でも、太夫は私を振り払い、出て行こうとしました。そこで争いもみあいになりました。私は必死で引き止めました。どうにか、居間に太夫を連れ戻しました。着物が乱れていたのはこのせいです。でも、太夫はすでに死神にとりつかれていました。私の隙をついて、家宝の懐剣で喉《のど》を掻《か》き切ったのです」

おこうは息を詰めた。

「私は途方にくれました。そこへ、外出をさせていた女中のおいとが帰り、続けて京太さんがやって来たのです。京太さんが私に声をかけたようですが、私は正気を失っていたようです。京太さんが出て行ったあと、やっと我に返り、このままではいけないと思いました。それで、私は着替え、おいととふたりで太夫の体をふとんに寝かせて、懐剣を片づけ、それからおいとを聖天町の親分さんのところに向かわせました。その途中で、あの娘《こ》が吾平親分と出会ったということでした」

吾平は黙って頷いた。

「遺書がありました。家宝の懐剣は誰にも渡さないで欲しい。竹太郎が五代目を継ぐまで預かっていてくれとありました」

おこうが話し終えたあと、静寂が襲った。

その静寂を藤十郎が破った。

「内儀さんは、どうして押込みに入られたように偽装したのですか」

「自害では、あまりにも太夫が可哀《かわい》そうだからです。芸に行き詰まっての自害だなんて、四代目大瀬竹之丞にふさわしくありません」

おこうは目を見開き、

「大坂では、八重垣姫が不評だったようですが、私がはじめて太夫の八重垣姫を見たときの衝撃は忘れられません。赤の着物に身を包んだ生娘《きむすめ》の八重垣姫が許嫁《いいなずけ》の死を知りながら絵姿の前で叶《かな》わぬ恋に悶《もだ》え狂う。あの狂気のような美しさに私は圧倒されました。あの芸が大坂のお客さんに受けなかった理由がわかりません。そのために自信をなくし、自害したなんて。それでは、四代目竹之丞の芸がいっさい否定されてしまいます。私にはそのことが耐えられなかったのです。太夫を失った衝撃や悲しみより、私は四代目竹之丞の名声を守りたかったのです」

「だから、駆けつけた知久翁さんにもほんとうのことを言わなかったのですね」

「そうです。愛しい太夫が知久翁さんに負けたことを認めたくなかったのです。それに、覚悟の死であれば、私が懐剣を託されたと疑われます。懐剣を隠すためにも自害ではないことにする必要があったのです」

「そのために、何の罪もない人間が捕まりました。あなたは何とも思わなかったのですか。罪の意識はなかったのですか」

藤十郎はつい責めた。

「申し訳ないという気持ちはありました。でも、相手は弾左衛門さまの手の者だという救いがありました」

「救い？」

藤十郎は唖然《あぜん》とした。

「歌舞伎の世界の人間は長い間、弾左衛門さまの支配下にあって苦しんで来たのです。当時は江戸四座以外の関八州での興行は弾左衛門さまの支配を受けなければなりませんでした。それが、今から百年ちょっと前に、やっとその支配から解き放たれたのです。それでも、ときたま関八州での興行の際、いやがらせを受けてきたそうです。歌舞伎役者はそれまで河原乞食《かわらこじき》と蔑《さげす》まれてきました。長い間弾左衛門さまの支配を受けてきたのです」

「そのことについては、それぞれに言い分があろう。一概に、どちらがいいとか悪いとかの問題ではなかろう」

藤十郎は静かに反論したが、いまはそのことを言い合っている場合ではなかった。

「内儀さん。相手がどんな人間であっても、無実の人間が人殺しの汚名を受けていいはずはない。そうではありませんか」

「はい」

おこうは素直に頷いた。

「太夫は自分で死んだって言うんですかえ」

京太が声を震わせた。

「そんなばかな。そんなこと、あり得ねえ」

「ほんとうです。太夫は家宝の懐剣で自分の喉を斬《き》ったのです。私は夢中で懐剣を奪いました。長火鉢の陰に落ちていたのが、その懐剣です」

「信じられねえ。確かに芸に行き詰まっていたようでした。でも、それを乗り越えて大きく飛躍するもんじゃねえですか。太夫はあのままで終わるような役者じゃねえ。一番身近で見てきた俺が言うんだ」

京太は半泣きになった。

「大瀬家の家宝の懐剣には もし芸が上達しないとわかったらその懐剣で死ねという教えもあったそうです。太夫はそこまで追い込まれていたんです」

「あんまりだ。これじゃ、太夫が可哀そうだ」

「親分。わかってもらえましたか」

藤十郎は吾平に声をかけた。

「しかし、内儀さんの言い分が正しいとは限らねえ」

吾平は渋った。

「親分。この期《ご》に及んでまだそのようなことを言っているのですか。凶器をでっちあげてまで円助を下手人にしようとした罪は大きい。近田征四郎どのにも累が及ぼう」

「そ、それは……」

「竹之丞の財布と煙草入《たばこい》れを待乳山聖天の社殿の裏に隠したのはおいとさんだね」

藤十郎は顔を向けてきいた。

「はい。次の日の朝早く、捨てに行きました」

「私が頼んだのです。懐剣は私が『柳さと』の澤吉さんに頼みました。太夫を慕ってくれていたひとでしたから、ただ、後継者の問題があるからということだけを話し、『万屋』に行くように……」

おこうは打ち明けた。

「親分。わかったかね。私は親分がやったことを公にするつもりはない。ただ、無実の円助を助けたいだけだ」

「わかった。内儀さん。ご番所に行っていただけますね」

吾平は顔を歪めて言った。

「わかりました。明日の朝一番で行きます」

「近田の旦那といっしょにお迎えにあがります。それで、よろしいですかえ」

吾平が言う。

「はい。これから、知久翁さんに一切のことをお話しいたします。太夫が遺言で認《したた》めたことを含めて」

おこうは覚悟を決めたように言った。

「おいと。駕籠《かご》を呼んで来てくれないか」

おこうはおいとに声をかけた。

藤十郎はおこうの話に偽りも飾りもないと思った。それは真剣な表情から窺《うかが》い知ることが出来る。

だが、それでもいま一つすっきりしなかった。なぜ、裏鴻池らしき影が暗躍しているかだ。

竹之丞の死後、下手人として弾左衛門配下の円助が捕まった。それを何らかの手段で知り、この問題に介入してきたのだ。このまま円助を真犯人として処刑させようと。奉行所と弾左衛門一族との対立を煽るためか。あるいは、歌舞伎役者の怨みを弾左衛門に向けさせ、芝居によってさらに弾左衛門一族を貶《おとし》めるように宣伝させるためか。

弾左衛門一族の衰退は、即『大和屋』の衰退でもある。

おそらく、裏鴻池はそこまでを狙ったのであろう。だが、なぜ、裏鴻池は竹之丞の死を知り、円助のことを知ったのか。

いったい、裏鴻池はどこまで潜り込んでいるのか。そう思ったとき、竹之丞が大坂に行ってからおかしくなったということが気になった。大坂で、何かあったのではないか。

八重垣姫を演じたが不評だったという。おこうの目には、竹之丞の八重垣姫は至芸に映っていた。それなのに、なぜ大坂では不評だったのか。

「駕籠が参りました」

おいとが伝えに来た。

「では、これから知久翁さんのところに」

おこうが立ち上がった。

「内儀さん」

藤十郎は声をかけた。

「竹之丞さんの大坂での公演の並びはわかりますか」

「公演の並び？」

「八重垣姫を演じたのは大坂に行ったいつごろのことでしょうか」

「最後の公演だったようです。それまでは好評を博していたそうですから」

「最後ですか」

藤十郎はそのことを考えた。


翌日の未明、吾平は近田征四郎とともに小伝馬町の『辰巳屋』にやって来た。

もう小僧や女中たちは起きていて、まだ暗いうちから店の掃除をしている。

ゆうべは、おこうを元浜町の知久翁の家に送り届けたあと、吾平は八丁堀《はっちょうぼり》の近田征四郎の屋敷に行った。

征四郎におこうの話を告げた。もちろん、自分が円助を陥れようとしたことには一切触れなかった。

おこうが出て来た。

「ごくろうだ」

征四郎がほっとしたように声をかけた。奉行所に同道するか、征四郎は顔を見るまで信じられないと思っていたようだ。

「おかみにもご慈悲がある。そなたには軽い罪ですむように我らが尽力する」

征四郎はいたわるように言う。

「ありがとうございます」

「さあ、行きましょうかえ」

吾平が歩きだした。

「駕籠はいいのか」

征四郎がきく。

「はい。だいじょうぶです」

伊勢町《いせちょう》堀《ぼり》に差しかかって、

「さっきより、霧が濃くなったようだな」

と、征四郎が呟《つぶや》いた。

朝霧がたちこめて視界が悪かった。

堀の周囲には商人の土蔵が並んでいる。この先の魚河岸《うおがし》は早朝から賑《にぎ》わっているが、この辺りはまだ静かだった。

それにしてもと、吾平は藤十郎という男がわからなかった。『万屋』は単なる質屋ではない。藤十郎は入谷田圃《たんぼ》にある『大和屋』に出入りをしている。その『大和屋』自体が謎《なぞ》だ。

『万屋』には旗本の用人がやって来る。『大和屋』には、大身《たいしん》の旗本や大名の家来が出入りをしている。

征四郎にきいても、『万屋』と『大和屋』のことになると腰が引けている。奉行所にとっても、恐ろしい存在なのかもしれない。藤十郎に逆らって円助を強引に罪人に仕立てていたら、たいへんな仕返しを受けたかもしれないのだ。

そう思うと、吾平は背筋に悪寒が走った。だが、わからないのは、なぜ、俺のやったことに目を瞑《つぶ》ってくれたのだろうか。

凶器の匕首をでっちあげ、円助を牢屋敷に送り込んだ張本人は吾平なのだ。藤十郎はそのことに気づいている。本来なら、藤十郎の怒りを被《こうむ》っても文句の言えないところだ。だが、藤十郎はそのことに目を瞑ろうとしている。

なぜ、なのか。

米河岸《こめがし》と呼ばれる場所までやって来て、征四郎が言った。

「吾平。さっきからつけてくる男がいる。ふたりだ」

「つけてくる?」

訝《いぶか》しく、吾平は振り返った。霧がかかっていて人影はわからない。だが、よくみると、霧の中に微《かす》かに黒い影が動いている。

朝の早い商人だろうと思ったが、ふと両国橋での一件が吾平の脳裏を掠《かす》めた。いきなり、背後から脇腹に匕首を突き付けられた。

円助を罪に陥れたい人間の仕業だ。そう思ったとき、あっと声を上げた。

「どうした、吾平」

征四郎が緊張した声できき返した。

「『辰巳屋』の内儀さんを狙っているのかもしれませんぜ」

「えっ」

おこうが聞き咎《とが》めた。

「内儀さんに奉行所に訴え出られたら困る人間がいるんです」

「なんだと。よし、ともかく人通りのある場所に早く出よう」

そう言い、征四郎はおこうを急かした。

京橋が霧の中に見えて来たとき、背後から足音が迫ってきた。征四郎は立ち止まり、おこうを背後にかばった。

吾平も身構えた。

あっと、征四郎が叫んだ。敵は反対からもばらばらと数人襲ってきた。征四郎が迫ってきた匕首を十手《じって》で払った。

「何奴《なにやつ》だ。北町奉行所の近田征四郎と知ってのことか」

征四郎が怒鳴ったが、相手は怯《ひる》むことなく、征四郎に向かって行く。だが、狙いがおこうにあることは明白だ。

吾平の前に、頬かぶりをした男が立ちふさがった。

「松之助を殺った連中だな」

相手は無言のまま、吾平を堀際まで追い詰める。匕首の扱いに馴《な》れた男だ。

征四郎は十手から刀に替えて賊に応戦した。ふたりがかりで、征四郎に迫ってきたために、一瞬おこうが征四郎の背中から離れた。

おこうのそばに駆けつけたいが、吾平は身動きがとれない。動けば、切っ先が飛んでくる。隙のない構えだ。

「旦那。内儀さんが」

吾平は怒鳴った。

四人目の男が登場し、おこうに迫ったのだ。

「やめろ」

征四郎がおこうのもとに駆けつけようとしたが、ふたりの男が間に入って邪魔をした。おこうを狙って匕首が振り下ろされようとした。そのときだった。風を切って何かが飛んで行った。

男の悲鳴が上がった。おこうを襲った男が匕首を落とした。手の甲に小柄《こづか》が飛んで来たのだ。気がつくと、おこうをかばって浪人が賊と対峙をしていた。

突然、指笛が鳴った。賊がいっせいに散った。

吾平がおこうに駆け寄った。

「内儀さん、怪我《けが》は？」

征四郎も刀を鞘に納めて駆け寄った。

「だいじょうぶです」

おこうが答える。

「かたじけない」

征四郎は浪人に礼を言う。

吾平はおやっと思った。どこかで見たことのあるような浪人だ。

「あっ。お侍さんはひょっとして『万屋』の居候」

「うむ。如月源太郎だ。主《あるじ》どのに頼まれてな」

ゆっくり、藤十郎が現れた。

「また、取り逃がしてしまった」

源太郎が無念そうに言う。

「いえ、上出来です」

藤十郎は源太郎に言う。

「まさか、こんな真似をするとは……。いったい、何奴の仕業なんだ」

征四郎が憤慨する。

「旦那。さっきも言いましたが、内儀さんに奉行所に訴え出られたら困る人間がいるんです。でも、残念ながら正体はわかりません」

吾平は答えてから、

「でも、どうして奴らは今朝《けさ》のことがわかったんでしょう」

と、疑問を口にした。

「内儀さんの近くに敵の回し者がいるのです。その詮索はあとのことにして、早く内儀さんをご番所に」

藤十郎は急かした。

「わかった」

征四郎は厳しい顔で言う。

霧はようやく晴れて来た。

五

おこうが近田征四郎とともに北町奉行所に入って行くのを確かめてから、藤十郎は吾平とともに元浜町の知久翁の家に向かった。

「円助を罪人に仕立てようっていう連中はいったい何者なんですかえ」

道々、吾平がきいた。

「おそらく、裏鴻池でしょう」

「裏鴻池？」

吾平は怪訝《けげん》そうにきき返した。

「大坂の豪商鴻池家をご存じですか」

「話に聞いたことはある。大名も頭が上がらないほどの金持ちだそうだが」

「ええ。その鴻池には、闇の組織ともいうべき裏鴻池という一派がおります。鴻池の財力を武器に次々と大名家を支配下に置いています。その鴻池が江戸へ乗り込んできている」

「江戸に？」

「表向きは江戸で商売をはじめようということでしょうが、実際の狙いは別のところにあるはずです」

藤十郎は小声で言う。小商いの家も雨戸を開け、ひと通りも多くなってきた。

「別のところというと？」

「江戸を鴻池の支配下に置くことでしょう」

「なんだって」

「向こうに行きましょう」

京橋を渡り、伊勢町堀に差しかかっていた。土蔵の横の人気のない場所に向かった。

「すでに、江戸には裏鴻池の者が入り込んでいるのです。松之助を殺し、『辰巳屋』の内儀を狙ったのも裏鴻池の手の者とみていいでしょう」

堀沿いに立ってから、藤十郎は再び口を開いた。

「なんでまた、裏鴻池の手の者が円助のことにこだわるんだ？」

「目的は円助じゃありません。おそらく、歌舞伎役者、あるいは奉行所と弾左衛門さまの対立を煽ることではないか」

「…………」

「鴻池はじわじわと江戸を侵そうとしているのではないか。私はそう見ている。だが、証拠はない」

「鴻池の狙いは？」

「鴻池一族の天下を作ろうとしている」

「なんですって」

「決して、勝手な憶測ではない。鴻池は大坂の豪商だが、始祖は尼子の家臣山中鹿之助の子だといわれている。尼子再興を願った山中鹿之助の心は末代までに伝わっているのかもしれない。いや、裏鴻池を統率するものは山中鹿之助の再来かもしれない」

「でも、そんなことが……」

吾平は信じられないように呟く。

「吾平親分。そなたは『万屋』のことを嗅ぎまわり、私のことも調べていましたね」

「まあな」

吾平はぎょっとしたように声を呑んだ。

「そなたの不審はもっともだ。親分の言うように『万屋』はただの質屋ではない。困窮した旗本・御家人《ごけにん》を救済するために存在するところだ。入谷にある『大和屋』には大名を救済する目的がある。その資金の源は弾左衛門さまだ」

「………」

「鴻池にとっての敵は『大和屋』と弾左衛門さま。しかし、いま、鴻池は『大和屋』と手を結ぼうとして近付いてきた。狙いはまだわからない。だが、その一方では、すでに裏鴻池が江戸に入り込んで暗躍している」

「藤十郎さん、そんなことをどうしてあっしなんかにするんだ？　あっしはいろいろ『万屋』を嗅ぎまわり、おまえさんに相反することばかりしてきた。世間では、あっしのことを蝮の吾平と呼んで嫌っている。今回のことでも、円助を罪人に陥れようと松之助に凶器のいかさまをさせた。そんな男ですぜ」

吾平が不思議そうにきいた。

「うむ、確かに、そなたはとんでもない岡っ引きだ。だが、それだけ骨のある男だと見た。裏鴻池と立ち向かうためにも吾平親分の力が借りたいのだ」

「あっしの……。こんなあっしの力を？」

「そうだ。江戸のどこかに巣くっている裏鴻池一味と闘うには吾平親分の力が必要だ。私に手を貸して欲しいのだ」

「あっしは自分の得にならなきゃ動かない人間ですぜ。いつ、裏切るかわかりませんぜ」

「十分気をつけよう」

「えっ？　おまえさんは変な男だ」

吾平は呆《あき》れたように言う。

「まあ、好きにしてくれ」

「そうさせてもらおう」

藤十郎は真顔で言った。

吾平は困惑していた。


それから四半刻《しはんとき》（三十分）後、藤十郎と吾平は知久翁の家を訪れて、客間で向かい合っていた。

「おふたりがお揃《そろ》いでいらっしゃるとは、いったい何ごとでございますか」

知久翁は鷹揚《おうよう》に言うが、表情は厳しい。

「『辰巳屋』の内儀さんが襲われましたぜ」

　吾平が口にした。

「で、内儀さんは？」

「無事に奉行所に入って行った」

「そうですか」

　知久翁はぽつりと言う。

「昨夜《ゆうべ》、話を聞いたと思いますが、内儀さんは竹之丞さんが自殺だったことを訴えに行ったのです」

　藤十郎は切り出した。

「あなたは、内儀さんのことを誰かに話しましたね」

「いや。話していない」

　知久翁の声が震えを帯びている。

「ほんとうですか」

「ほんとうだ。誰に話すと言うのだ？」

　知久翁は怒ったように言う。

「知久翁さん。あなたは、竹之丞さんが死んだという知らせを受けたとき、何があったのだと思いましたか」

藤十郎は訊ねる。

「京太は、太夫が『辰巳屋』の内儀さんに殺されたみたいだと言っていた。現場にかけつけたら、おこうさんが押込みに殺されたと言った。だから、押込みに殺されたのだと思っていた」

「自害したとは思わなかったのですか」

「思うものか」

「あなたは、四代目竹之丞の名を返上するように迫っていたそうですね」

「それはやむを得なかった。芸に行き詰まり、芝居はなっちゃいない。これでは四代目竹之丞の名に傷がつく。だから、潔く引き下がるように言ったのだ」

「しかし、単なる一時の不調ではなかったのですか。それを、芸の行き詰まりと考えて、名前を返上させようとしたのは、あまりにも拙速ではありませんか」

「いや、それだけ四代目竹之丞の名は重いものなのだ」

「竹之丞さんは、大坂から帰って芸が荒れたそうですが、大坂で何があったのですか」

「『本朝廿四孝』の八重垣姫が不評だった。そのことがかなり堪《こた》えたのだろう」

「どうして不評だったのでしょう」

「あいつの芝居では姫君には見えなかったのだ。大坂の客の目をごまかせなかった。江戸に帰ってからも立ち直れなかった」

「なぜ、だと思いましたか」

「なぜって……」

戸惑いながら、知久翁は言う。

「芸の未熟ゆえだ」

「そうでしょうか。初代以来、姫君を演じられなければ、竹之丞を継ぐことが叶わない。そのための家宝の懐剣ではなかったのですか。大坂での八重垣姫の不評は芸の資質の問題ではなかった。違いますか」

「………」

「大坂では最初に梅川を演じたそうですね。それは評判をとった。八重垣姫は最後の月の公演だった。つまり、八重垣姫を演じる芝居が初日を迎える前に、竹之丞さんに何かが起こった。そのことが、竹之丞さんを苦しめた。そうではありませんか」

はっとしたように、知久翁が顔を上げた。が、すぐに俯《うつむ》いた。

「竹之丞さんに何があったのですか」

藤十郎は迫った。だが、知久翁は俯いたままだ。

「芸を台無しにするほどのことが、竹之丞さんの身に起きた。あなたは、そのことを誰かから聞いて知ったのです。だから、もう役者としてやっていけない。そう判断し、竹之丞の名の返上を迫った。いかがですか」

芸の一時的な不調だけで、知久翁が竹之丞の名の返上を迫ったとはとうてい考えられない。再起不能なほどの何かが竹之丞の身に起きた。だから、返上を迫ったのだ。

「何があったのですか」

「………」

「あなたは、そのことを誰かに聞いた。誰からですか。竹之丞さんの弟子の千太郎さんですか。違います。千太郎さんじゃありませんね」

知久翁の肩がぴくっと動いた。

「鴻池の番頭ではありませんか」

知久翁が弾《はじ》けたように顔を上げた。

「そうなんですね」

知久翁は大きく溜め息をつき、

「そうです。鴻池の吉弥《きちや》さんという番頭がやって来て、すべてを話してくれました」

「何を話したのですか」

「竹之丞が大坂でひとを殺したと」

「人殺しですって」

黙って聞いていた吾平が喉に詰まったような声を出した。

予想はしていたものの、いざそのことを聞くと、藤十郎も衝撃を隠せなかった。

「誰を殺したというのですか」

「新町《しんまち》の遊廓《ゆうかく》の喜多尾太夫《きたおだゆう》だそうです。大坂に行き、鴻池の分家の主人の招きで新町の遊廓で遊んだおり、竹之丞は喜多尾太夫と懇《ねんご》ろになった。だんだん、大坂滞在の残りが少なくなってきて別れがつらくなり、喜多尾太夫は竹之丞と心中しようとしたそうです。そのあたりの詳しいことはわかりませんが、喜多尾太夫だけが死に、竹之丞は助かった。鴻池の分家の主人が遊廓に金で話をつけ、喜多尾太夫を病死として処理をし、竹之丞にはお咎めがなかった。だが、それ以来、竹之丞は塞ぎ込むことが多くなって……」

「吉弥という番頭はなぜ、そのことを知らせに来たのですか」

「新町の遊廓に誘ったことを悔いた主人は、竹之丞を後援したいと申し出てくれたのです。でも、それも虚《むな》しく、竹之丞は死んでしまった」

　知久翁は大きく息を吐いてから、

「竹之丞殺しで猿回しの円助が捕まったとき、吉弥さんがやって来て、円助を必ずお裁きにかけたいと言いました。その代わり、五代目竹之丞の後援を続けるということでした」

「凶器をでっちあげた松之助のことも、あなたは吉弥に話しましたね」

「ええ、吾平親分から聞いたことを、そのまま吉弥さんに」

「吉弥とはどんな男ですか」

「三十過ぎの細面《ほそおもて》の男です。鼻筋が通り、落ち着いた風格がありました」

鴻池本家の主人の弟佐五郎が連れてきたふたりのうちのひとりに人相が似ている。

「なぜ、吉弥が円助を下手人に仕立てたかったのか、その理由をききましたか」

「いえ。ただ、円助が弾左衛門配下の人間だからと」

「吉弥がどこに住んでいるかわかりますか」

「いえ、いつも向こうから参ります。ゆうべも『辰巳屋』の内儀さんが引き上げたあと、ここにやって来たのです」

「そうか。吉弥は俺をずっとつけていたんだ」

吾平が呻くように言った。

「おそらく、親分を見張っていれば、事件の流れがわかると思ってのことでしょう」

「そうだったのか」

吾平は唇を噛《か》んでから、

「その人相から吉弥という男を探してみる」

「お願いします」

藤十郎は吾平から知久翁に顔を戻し、

「五代目竹之丞の後継はどうなさるのでしょうか」

と、きいた。

「きのう、竹之丞の遺言を聞きました。芸に生き、芸と心中した男の最後の望みです。孫の竹太郎に譲るように取り計らいたいと思います。雪二郎はその気になっているようですが、因果を含めます。あいつは、竹之丞の嫁を誘惑したり、なにかと竹之丞と張り合っていた。腹違いとはいえ兄弟なのに、まったく反りが合わなかった。もっとも、すべての原因は私にあるのでしょうが……」

知久翁は自嘲《じちょう》ぎみに言う。

「そうですね。それがよろしいかと、私も思います」

「ただ、大坂で竹之丞に何があったのか。ほんとうに新町の遊女を殺したのか。私は信じられません。竹之丞が深く落ち込んでいたことから、鴻池の話を鵜《う》呑《の》みにしてしまいましたが」

「そのこともきっと調べてみます」

鴻池が絡んでいることにひっかかるのだ。

「でも、これで円助さんの疑いが晴れるということで、ほっとしています。じつは、ずっと胸の奥が疼《うず》いておりました」

知久翁は一瞬だけ表情を和らげた。

数日後、円助がお奉行のお白州で無罪を言い渡されて解き放ちになった。

藤十郎は弾左衛門屋敷で、円助と会った。

「藤十郎さま。このたびは私のためにいろいろお骨折りいただいたそうで、ありがとうございました」

円助は深々と頭を下げた。

「長いこと、苦労したな」

「いいえ、こうして疑いも晴れたのですから」

窶れた顔に笑みを浮かべた。

「ひとつ、ききたい。どうして、あの夜、どこにいたのか言おうとしなかったのだ」

「へえ、それは……」

やはり、言いよどんだ。

「焼物師弥兵衛の家に行っていたのではないか」

「えっ」

円助は目を剝《む》いた。

「どうして、それを？」

「やはり、そうか。あの付近で、そなたの姿が目撃されていた。弥兵衛の家の敷地は低い塀で囲まれているだけだ。その低い塀から、母屋の縁側が望めた。そこに、年配の婦人が孫らしい子どもを膝に抱いているのが見えた」

藤十郎は思いだしながら言う。

「恐れ入ります。仰るとおりでございます。じつは、一度、雨に降られて、ずぶ濡《ぬ》れになったまま、あの家の軒下で雨宿りをしていたんです。真冬で震えていたら、年のいった女のひとが出てきて家に入れて手拭いをかしてくれ、その上、熱いお茶をくださいました。生きてきて、あんなにおいしかったお茶はありません。あっしらのような人間にも、優しい眼差しで、親切に接してくださいました。何かとても温かいものがこの辺りに」

そう言って円助は胸をさすった。

「そんとき、ふとこのひとはあっしのおっかさんじゃないかと思ったんです。いったん、そう思い込むと、ほんとうにおっかさんのように思えてきました。それ以来、寂しいとき、つらいことがあると、あの家の塀を乗り越え、庭からあのご婦人を見るようになったんです」

円助は恥ずかしそうに続ける。

「あの夜も、庭に入り込み、あのひとを見ていました。孫を膝に抱いている姿をみると、自分が子どものころ、ああやって抱っこをされていたんだと思えてきて、とっても仕合わせな気分になりました。でも……」

円助は溜め息をついた。

「こんなことを言っても誰も信じてくれないだろう。それに、親切にしてくれたひとに迷惑がかかる。勝手に庭に入り込んで遠くからでも眺めていたと知ったらあのひとも薄気味悪く思うだろうし、きっと嫌われる。そう思うと何も言えませんでした」

「そうだったのか。あのひとをおっかさんのように思っていたのか」

「へい。でも、勝手に庭に入り込んだりして。だから、罰《ばち》が当たったんだと思います」

「いや、そなたの気持ちはよくわかる」

「牢の内じゃ、いつもあのひとのことを頭に浮かべてました。だから、つらい日々も乗り越えることが出来たんです。ですから、もうだいじょうぶです。あの家まで会いに行かなくても、いつでも脳裏にあのひとが現れてくれるんです。あっしにはおっかさんがついている。そう思うと、なんでも出来るような気がしています」

円助はうれしそうに言った。


藤十郎は弾左衛門屋敷から『大和屋』に向かった。

藤右衛門と藤一郎に会い、竹之丞に関するこれまでの経緯《いきさつ》をすべて話した。

「で、その鴻池の分家の番頭吉弥なるものの消息はまだわからないのだな」

藤右衛門がきく。

「はい。わかりません」

吾平が調べてくれているが、手掛かりはないようだ。

「佐五郎どのとの話し合いはいかがですか」

藤十郎が円助の救出に奔走している間、すでに二度、藤右衛門と藤一郎は鴻池の佐五郎と話し合いをしていた。

「まだ、特に目立った申入れはない。ただ、そなたをぜひ大坂に招きたいとのこと。それから、おそのどのがそなたに江戸を案内してもらいたいそうだ」

円助の件が片づいたら、江戸を案内する約束になっていた。

「おそのどのからも何か摑《つか》めるかもしれぬ。案内してやれ」

藤一郎が言う。

「わかりました」

その後、幾つか打ち合わせをし、藤十郎は居間を出た。

廊下で番頭格の綱次郎と会った。一礼し、すれ違おうとした綱次郎を呼び止めた。

「おつゆどのはいかがしました？　最近、お会いしていないのですが」

藤十郎は不審をもってきいた。

「あの、お館《やかた》さまからお聞きではございませぬか」

綱次郎が強張った表情できく。

「いや、何も」

不安が兆した。

「館林《たてばやし》に行きました」

「館林？　どういうことだ？」

「密命を受けたようにございます。私は詳しいことは……」

綱次郎は逃げるように去って行った。

おつゆを藤十郎から引き離したのだ。藤十郎はすぐに藤右衛門と藤一郎のところに戻った。

声をかけようにも、厳しいふたりの顔は父のものでも兄のものでもなかった。ただ、神君《しんくん》家康公が作った『大和屋』の当主の顔でしかない。そこに私情をはさむ余地は微塵《みじん》もなかった。

おつゆ。藤十郎は思わず叫んだが、声にはならなかった。

解　説

小　梛　治　宣

〈質屋藤十郎〉シリーズも、本書で三巻目を迎え、これまではどちらかといえば物語の陰の部分で活躍していた藤十郎だったが、いよいよ表の舞台に姿を見せることになった。徳川家康の遺命を果たすべき役目を負っている『大和屋』の三男である藤十郎は、己の正体を隠し、質屋の主人として江戸の庶民の生活を護っている。文字通りの「隠御用」を役目としているのである。シリーズ二巻目『からくり箱』にはこうあった。〈『大和屋』の使命は疲弊した武家社会に救いの手を差し伸べることだが、藤十郎は天下のために一命を賭す覚悟である。武士も町人もない。困っている人間を助ける。それが自分の使命だと、藤十郎は思っている。〉

とは言っても物語を作っていくのは、藤十郎のもとに質入れされた品物にかかわる登場人物たちであり、藤十郎は、冷徹な眼と冷静な判断力で、彼らが繰り広げる「事件」を追跡していく。そうした多重構造の物語作りが、本シリーズの特徴であり、味わい深さを生む源泉ともなっているのである。しかも重層的構造がシリーズ全体にも施されており、それが面白さを倍加させることになる。

では、本書の内容にそってそのあたりをみていくことにしよう。

女形として人気を誇る歌舞伎役者の四代目大瀬竹之丞に会うために門弟の京太が訪ねて行った先で目にしたのは、喉元から血を流して絶命している師匠の姿だった。その側には、密会相手の醬油問屋『辰巳屋』の若い後妻、おこうが正気を失った茫然自失《ぼうぜんじしつ》の態で立っていた。髪が乱れ、着物も崩れており、争ったあとのように見えた。しかも、手に血も付いている。そのときは、間違いなく犯人はおこうだと思ったのだが、京太が竹之丞の父親知久翁を連れて戻ってくると状況は一変していた。

なんと死体はきちんとふとんに横たえられ、枕元には線香まで上っているではないか。おこうが言うには、女中の留守中に押込みが入り、抵抗した竹之丞をいきなり刺したらしい。しかもその場には、すでに岡っ引きの蝮《まむし》の吾平が居合わせており、体面を考えて、外で辻強盗に襲われたことにしようということになってしまった。本シリーズの第一巻から登場する蝮の吾平は、金のためなら何でもする悪徳岡っ引きで、藤十郎の秘密を暴こうと嗅《か》ぎ回っている。藤十郎とはいわば犬猿の仲なのだが、本巻では二人の関係に大きな変化が生まれてくる。それは読んでのお楽しみとしておきたいが、藤十郎の闇御用の幅がここからぐんと拡がっていく期待が持てる関係とだけ言っておこう。

京太には、おこうが自らの罪を、岡っ引きを言いくるめて押込みのせいにしてしまったのではないかと思えてならない。

竹之丞の名跡を誰が継ぐのか、その死が唐突であっただけに、これは大きな問題である。知久翁は、若いころ深川の芸者に産ませた腹違いの弟、雪二郎を可愛がっているが、竹之丞には九歳の息子、竹太郎がいる。さらに、芸の力でいえば竹之丞の一番弟子の千太郎もいる。そうなると、容疑者には雪二郎や知久翁も含まれることにもなってくる。おこうとの共犯も考えられなくはないのだ。

この事件からほどなく、質屋藤十郎のもとへ若い娘が懐剣を質入れにきた。柄《つか》に龍の彫り物と竹に笹を添えた竹紋の見事な品だ。母が奉公先の奥方からもらったものだというのだが、いわくありと睨《にら》んだ藤十郎は、その出所をおつゆに探らせることにした。

そのおつゆだが、いつもは三味線を抱えた女太夫として町を流しているが、実は父親の綱次郎は『大和屋』の譜代の家来で番頭格なのだ。藤十郎の探索役として不可欠の存在であるおつゆではあるが、二人は愛し合う仲でもある。主従関係にある藤十郎とおつゆ、この二人の恋が果して成就できるのか否か——これもシリーズを貫く縦糸の一本である。その最大の難敵が本巻では藤十郎の前に現われることになる。

では、その難敵とは誰なのか。前巻『からくり箱』でも事件の背後にその存在を臭わせていた、大坂の豪商鴻池《こうのいけ》一族に他ならない。

鴻池の始祖は戦国武将山中鹿之助の子、山中新六とされ、その八男が初代の鴻池善右衛門となった。その後鴻池一族は、酒造業と海運業を足場として金融業へと手を拡げ、両替と大名貸しで巨万の財をなしていた。全国の半数近い大名が鴻池から融資を受けているといわれているのだ。「神君家康公の遺命」により、武家社会を財政面から支援し、その存在を保持することを使命とする、幕臣『大和屋』にとって、鴻池一族、その中でも大名家に介入し財力で武家を支配しようとする裏鴻池は、容易ならざる大敵である。その鴻池が、江戸への進出を企て、『大和屋』に急速に接近を図ってきたのだ。その真意はどこにあるのか？ しかも、その接近の手だてとして鴻池が持ち出してきたものが、藤十郎を窮地に追い込むことになりそうなのだ。

この『大和屋』と鴻池一族（裏鴻池）との見えざる対決こそが、本シリーズの背骨とも言える太い縦糸となっているのである。時代小説ファンの中には、鴻池と聞いて、南原幹雄の『鴻池一族の野望』（一九七七年）を思い出す方もいるのではあるまいか。実は私もそうであった。この作品は、鴻池の江戸進出に中町奉行が武力で挑むという構図であった。だが本シリーズにあっては、武家の将来を予見した家康が、そのセーフティネットとして『大和屋』なる一種の保険を準備していたという、その発想がきわめて斬新である。

発想の斬新さは、良民ではない人々を束ねている頭領、浅草弾左衛門も、『大和屋』と同様に、幕府の危機を見越して家康が作り上げた存在とされている点にも現われている。弾左衛門に家康は、革細工、灯心作りなどを一任、死んだ牛馬の皮を剝ぐという仕事を請け負わせた。革を用いた武具や馬具の製造、販売の独占権を与え、巨万の富を築かせる一方で、その代償として良民とは一線を画した最下層の身分に彼らを置いたのだった。この独占による富が、『大和屋』という幕臣のセーフティネットの財源になるという仕組みなのだ。大胆な発想だが、それだけに、家康ならばと思わせるリアリティがある。このリアリティのある斬新かつ大胆な発想と、それに裏打ちされた『大和屋』の使命《ミッション》こそが、本シリーズの独特な面白さを生む源泉となっていると私は考えている。

さて、大瀬竹之丞の事件の方はといえば、京太が知久翁に誘導されて、猿回しの円助が現場から去って行くのを見たと証言したため、無実の罪で円助が捕縛されてしまった。犯人が判明しないことには、竹之丞襲名を進めることが難しいため、少しでも早く犯人を特定する必要があったのだ。螋の吾平の手によって、円助を犯人に仕立て上げるための証拠の品が次々と見つけ出されてきた。このままでは、円助は竹之丞殺害の犯人とされてしまう。弾左衛門の配下である円助が冤罪《えんざい》を着せられた、その背後には弾左衛門と歌舞伎役者との間に根強く残っている確執があったのだ。歌舞伎役者もかつては河原乞食とよばれ、弾左衛門の支配下にあったのだが、ある事件を切っ掛けに、その支配下から脱したという事情があった。円助の罪が確定すれば、その折の騒動が再燃しかねない。そうなると、弾左衛門にも少なからぬ影響が及ぶことになる。藤十郎にとってはおろか、

『大和屋』にとっても、それは容易ならざることである。その陰には、裏鴻池の存在が見え隠れしてもいた。

藤十郎は、質入れされた懐剣の真の持ち主が竹之丞であることを突きとめたが、そうだとすれば、それは竹之丞を襲名する際に身に着けることが義務づけられた大切なものだ。この品無くして、竹之丞の襲名はできない。家宝とも言える、その懐剣がなぜ、万屋へ質入れされたのか？ その謎を解くことが、竹之丞の死の真相を明らかにし、ひいては猿回しの円助の冤罪を晴らすことにも繫《つな》がってくる。鍵を握るのは、現場に居合わせた竹之丞の密会相手おこうである。果して、真の下手人はおこう本人なのか、それとも竹之丞を亡き者にしたい何者かに依頼された殺し屋なのか、あるいは……。

そうしたなか、藤十郎が探り当てた、もう一つの謎は竹之丞本人に関わるものであった。上方歌舞伎の雄、片倉仁右衛門に招かれ半年ほど大坂に行っていた竹之丞は、江戸へ戻ってきてから様子が変わったという。芝居に行き詰まりをみせているようなところもあったというのだが、いったい大坂で竹之丞の身に何が起こったのか。大坂といえば、ここにも鴻池の影が見え隠れする。

という具合に、竹之丞の死を基点として、その周囲を同心円を描くかのようにいくつもの謎が波紋を作りながら、物語は佳境に入っていく。『絆《きずな》』（第四十一回日本推理作家協会賞、一九八七年）、『土俵を走る殺意』（第十一回吉川英治文学新人賞、一九八九年）等で法廷ミステリーや新社会派ミステリーの旗手として活躍し、最近でも集英社文庫に収められている『覚悟』、『冤罪』といった現代ミステリー作品を発表し続けている著者の時代小説だけに、謎解きの妙味も十分に堪能することができる。著者の敬愛する松本清張の作品が、現代ミステリー、時代小説の区別なく、どれを読んでも松本清張の匂いが感じられ、ジャンルの区分など不必要であったように、著者の作品もまたジャンルに関係なく小杉健治以外には描けない世界、出せない色と匂いに満たされているのである。読者に媚《こ》びないその創作姿勢が、感動を生み、だから、また読みたくさせるのだ。

小杉健治の世界に心地よく身を浸しながら、私はいつもその核に「愛」と「正義」を感ずる。そして、それらに裏打ちされた、「優しさ」と「強靭《きょうじん》さ」を具現した存在が、本シリーズの主人公、質屋藤十郎ということになる。シリーズの巻が進むにつれてその魅力がじわじわと滲《にじ》み出てきて、本書では一皮剝《む》けた気配すら感じさせる。

鴻池一族と『大和屋』との隠された対決が、次巻ではどのような様相を呈してくるのか。藤十郎とおつゆとの恋の行方も含めて興味は尽きない。シリーズの四巻目ではどのような藤十郎に再会できるのか、そしていかなる「事件」が彼を待っているのか、今から楽しみである。

（おなぎ・はるのぶ　文芸評論家、日本大学教授）

この作品は、集英社文庫のために書き下ろされました。

小杉健治の本

質屋藤十郎隠御用

万屋は庶民の味方の質屋。ある日、女物の煙草入れが持ち込まれる。中に奇妙な手紙が挟まれて……。主人藤十郎がその謎を追って動き出す。質屋を舞台に人情味豊かな世界を描く。

からくり箱　質屋藤十郎隠御用　二

浅草の万屋は庶民の味方の質屋。ある日、大きさに不似合いな重量のからくり箱が持ち込まれる。中に何が入っているのか……。人情味豊かな世界に浸る書き下ろし推理時代小説。

集英社文庫

小杉健治の本

黙秘　裁判員裁判

内堀は、5年前娘を殺された。犯人の中下が刑期を終えて出所したあと殺害され、内堀に容疑がかかる。無実を信じる弁護士、裁判員となった6人。真実を求め闘う法廷ミステリー。

疑惑　裁判員裁判

保窪は、保険金詐取目的の妻殺害容疑で逮捕起訴された。被告が二度保険金を受け取った過去があることから、殺人事件とする検察と、無罪とする弁護人が対立。裁判員たちは……。

集英社文庫

小杉健治の本

覚悟

川原は、同僚殺害容疑で逮捕起訴された。弁護士の鶴見は、川原の無実を信じ、彼の故郷・小倉へ飛ぶ。すると思わぬ過去が……。真実と正義のために闘う迫真のミステリー。書き下ろし。

冤罪

銀座ホステス美奈子と関係のあった男が練炭自殺。さらに周囲の男が何人も死んでいる事が判明した。悪女か、聖女か？　魔性に翻弄されながらも弁護士は驚愕の真相へ。長編ミステリー。

集英社文庫

赤姫心中《あかひめしんじゅう》 質屋藤十郎隠御用《しちやとうじゅうろうかげごよう》 三

2014年11月25日 第1刷 定価はカバーに表示してあります。

著 者 小杉健治《こすぎけんじ》

発行者 加藤 潤

発行所 株式会社 集英社
東京都千代田区一ツ橋2-5-10 〒101-8050
電話 【編集部】03-3230-6095
【読者係】03-3230-6080
【販売部】03-3230-6393(書店専用)
印 刷 株式会社 廣済堂

製 本 株式会社 廣済堂

フォーマットデザイン アリヤマデザインストア マークデザイン 居山浩二

ISBN978-4-08-745256-3 C0193